斷月劍帝
단월검제

FANTASTIC ORIENTAL HEROES
강태훈 新무협 판타지 소설

단월검제 6

강태훈 新무협 판타지 소설

초판 1쇄 찍은 날 § 2014년 8월 18일
초판 1쇄 펴낸 날 § 2014년 8월 25일

지은이 § 강태훈
펴낸이 § 서경석

편집부장 § 권태완
편집책임 § 정수경

펴낸곳 § 도서출판 청어람
등록번호 § 제1081-1-89호
등록일자 § 1999. 5. 31
어람번호 § 제2-2522호

주소 § 경기도 부천시 원미구 심곡2동 163-2 서경B/D 3F (우) 420—822
전화 § 032-656-4452 팩스 § 032-656-4453
http://www.chungeoram.com
E-mail § chungeoram@chungeoram.com

ISBN 979-11-316-9162-5 04810
ISBN 978-89-251-2747-7 (세트)

新月劍帝

단월검제

◇ 6 ◇

[완결]

강태훈 新무협 판타지 소설

FANTASTIC ORIENTAL HEROES

청어람
도서출판

目次

제1장   문주가 아니라 무인이다   7

제2장   빈자리   37

제3장   의지   65

제4장   천중도문   87

제5장   군마성주   113

제6장   폭풍전야   149

제7장   등장   175

제8장   공성   199

제9장   재회   227

제10장   계책   259

제11장   결착   283

종장(終章)   311

第一章

문주가 아니라 무인이다

斷月劍帝

동이 트기 시작했다.

해가 떠오르면서 반월도문의 움직임은 분주해졌다.

다들 비밀 통로로 빠져나가기 위한 준비에 한창이었다. 그 모습을 지켜보는 나군천의 표정은 결코 좋지 않았다.

사도련의 일익인 반월도문이 이런 식으로 도망치는 모습을 보는 것이 문주로서 기분 좋을 리 없었다.

"문주님, 준비 다 되었습니다."

하신이 다가와 말했다. 그에 나군천은 불편한 심기를 고스란히 드러내며 무미건조하게 대답했다.

"가지."

그렇게 말하며 나군천이 먼저 걸었다. 아직 허벅지가 불편하기는 했지만 그렇다고 가만히 있을 수도 없었다.

그 모습을 멀찌감치 떨어져 바라보던 비호가 말했다.

"화가 많이 난 모양인데요?"

"아무래도 그렇지 않겠소? 최고의 자리에 있던 사람이오. 이렇게 도망치는 게 좋을 리 없겠지."

"그래도 살려면 어쩔 수 없지 않습니까? 이왕 결정한 거 옆사람 마음이라도 좀 편하게 해주면 좋으련만."

비호의 말에 화룡도 동감이라는 듯 고개를 끄덕였다.

"뭐, 우리가 크게 신경 쓸 일은 아니지 않소? 어서 갑시다."

"우리도 은남도문으로 가는 건가요?"

비밀통로로 향하는 다른 무리에 섞여 걷는 상천에게 화룡이 물었다.

"아니오. 저 비밀통로가 옹안까지 이어져 있다고 하니 일단은 동행하다가 문파로 돌아갈 생각이오."

"그냥 이대로 돌아가도 되는 걸까요?"

화룡의 물음에 상천은 대답이 없었다. 하지만 상천에게는 반월도문이나 은남도문보다는 백룡문의 안위가 더욱 중요했다.

"일단은 돌아가서 생각하는 게 좋을 것 같소. 다들 걱정하고 있을 텐데."

상천의 말에 비호와 화룡도 고개를 끄덕였다.

이렇게 난장판인 시국이지만 그나마 백룡문은 그 풍파를 용케 비켜가고 있는 중이었다.

물론 그 운이 어디까지 이어질지는 모르겠지만.

'그러고 보니 어느덧 백룡문이 내 집처럼 느껴지는구나.'

비호가 흐뭇한 미소를 지으며 발걸음을 옮겼다.

해가 완전히 떠오르자 군마성도 움직일 준비를 시작했다.

이번 반월도문 처리의 총괄을 맡은 귀령대주는 반월도문을 살피기 위해 미리 척후를 보내놓은 상태였다.

대원들과 군마성 무인들이 또 한 번의 싸움을 위해 준비하는 것을 보고 있던 귀령대주는 척후가 돌아오는 것을 보며 눈을 가늘게 떴다.

반월도문을 살피고 돌아온 척후가 귀령대주에게 고개를 숙이고는 말했다.

"정문을 굳게 닫고 있습니다. 아무래도 농성을 할 모양입니다."

척후의 말에 귀령대주의 미간에 주름이 잡혔다.

농성.

지금 상황에서 가장 상대하기 싫은 전술이었다. 만약 처음부터 반월도문이 농성을 하기로 했다면 시간이 더욱 오래 걸렸을지도 모를 일이었다.

다행이도 나군천의 성격 덕분에 정면 대결을 펼칠 수 있었고, 반월도문을 톡 건드리면 쓰러질 정도까지 몰아붙일 수 있었다.

그런데 농성을 하기로 작정한 듯 보인다니 당연히 인상이 찌푸려질 수밖에 없었다.

잠시 후, 귀령대주의 주름이 펴졌다. 그리고는 자신의 앞에 있는 척후에게 명령을 내렸다.

"혹여 비밀통로가 있을지 모른다. 도균현에서 오고 있는 동료들에게 서신을 띄워 반월도문을 중심으로 이십 리 안을 철저히 감시하라 일러라. 명심해라. 이십 리다."

"알겠습니다."

명령을 받은 척후가 서둘러 자리를 옮겼다.

그러자 가까운 곳에 있던 군마성 수석장로 여상이 다가왔다.

"이십 리면 너무 넓지 않습니까? 그렇게 긴 비밀통로를 만들어놨으려고."

여상은 자신보다 직급이 낮음에도 불구하고 귀령대주에게 존대를 하고 있었다.

이상하게 보일 수 있겠지만 사실 그는 군마성 내에 있는 모든 사람에게 존대를 하는 유일한 인물이었다.

"저들이 취할 수 있는 행동은 두 가지. 하나는 말 그대로 농성이고 다른 하나는 농성으로 위장하고 도망치는 것. 도망친다고 하면 은남도문으로 갈 것이 뻔하고 그러려면 비밀통로를 이용할 수밖에 없습니다."

"그렇다 하더라도 이십 리면 너무 넓다는 생각이 드는군요."

"짧은 비밀통로는 이용하나 마나입니다. 금방 덜미가 잡힐 수 있으니. 긴 것이 있을 겁니다. 반월도문에서 이십 리 밖으로 연결된 비밀통로라면 은남도문까지 가는 것도 오래 걸리지 않을 것이고 우리의 눈을 피할 수 있을 것이라 생각할 겁니다. 만약 있다면 말입니다."

귀령대주의 말은 그럴듯했다. 하지만 여상은 가능성을 높게 보지는 않는 듯했다.

그런 낌새를 느꼈는지 귀령대주가 말을 이었다.

"대비해서 나쁠 건 없습니다. 만약 없다면 그것도 우리에게는 나름대로 좋은 일이 될 겁니다."

"그건 그렇겠지요. 뭐, 이번 일의 전권은 귀령대주에게 있으니 전 그대로 따르겠습니다."

그렇게 말한 여상이 자리를 피했다.

그에 귀령대주의 시선은 여상의 등을 넘어 반월도문이 있는 곳에 닿고 있었다.

도균현에서의 전투를 승리로 이끈 가릉은 기분 좋게 반월
도문으로 향하고 있었다.

그런데 가는 도중 서신 한 장을 받았다.

귀령대로부터 날아든 그 서신을 받은 가릉은 잔뜩 인상을
찌푸렸다.

곧장 반월도문으로 오지 말고 비밀통로가 있을지 모르니
반월도문을 중심으로 이십 리를 수색하라는 '명령'이 담겨
있었기 때문이다.

아무리 이번 일에 대한 전권을 위임 받았다고는 하지만 자
신보다 직급이 낮은 귀령대주에게 명령을 받으니 기분이 좋
지만은 않았다.

같은 말이라도 부탁하는 형식과 명령하는 형식이 다를진
대 기분 나쁘게도 서신은 명령조로 쓰여 있었다.

서신을 다 읽은 가릉은 곧바로 구겨 버렸다. 그리고는 곁에
있는 장무진에게 말했다.

"인원을 셋으로 나눈다. 반월도문을 중심으로 동, 서, 북쪽
이십 리 이내를 샅샅이 탐색하라."

"알겠습니다."

대답하는 장무진의 목소리 역시 좋지 않았다.

가릉이 일부러 가리고 보지 않았고, 까막눈이 아니라면 서신에 뭐라 쓰여 있었는지는 그도 읽을 수 있었다.

가릉과 장무진은 자신들의 왼쪽 어깻죽지가 욱신거리는 것을 느꼈다.

아무리 군마성주의 명령이었다고는 하지만 선처 한 번 부탁하지 않고 잘라 버릴 수가 있단 말인가.

그때부터 두 사람은 귀령대주에 대한 감정이 썩 좋지 않았다.

그런 감정이 남아 있으니 대수롭지 않게 넘길 수 있는 이런 서신에도 기분이 좋지 않았다.

어쨌든 명령권자는 귀령대주이기 때문에 달갑지 않아도 따를 수밖에 없었다.

장무진은 빠르게 가릉의 말을 전하며 일행을 세 무리로 나누었다.

그러자 가릉이 나서서 각각에게 임무를 정해주며 출발시켰다.

가릉과 장무진은 마지막으로 남은 일행들을 데리고 서둘러 북쪽으로 향했다.

반월도문을 떠나 도망친다면 은남도문으로 갈 것은 불 보듯 뻔한 상황.

그렇다면 자신들이 직접 나서 그 일행들을 소탕해야 한다는 생각이 강하게 자리 잡고 있었다.

빠르게 달려 나갈 때마다 두 사람의 빈 소매가 거칠게 펄럭였다.

비밀통로는 생각보다 밝았다.

상당히 공을 많이 들였는지 야명주도 많이 박혀 있었고, 폭도 생각보다 넓었다. 게다가 길도 깔끔하게 잘 닦여 있었다.

제법 많은 사람들이 비밀통로를 지나가고 있었지만 불편함 없이 지날 수 있을 정도였다.

무리의 중간쯤에 섞여 걷고 있는 상천 일행은 비밀통로가 신기한지 연신 사방을 두리번거렸다.

어딜 봐도 똑같은 모습이건만 그래도 신기한 모양이었다.

특히나 상천은 야명주도 처음 보기 때문에 더욱 신기해했다. 하지만 그렇다고 그런 것을 겉으로 드러내지는 않았다.

그때 화룡이 상천에게 전음을 보냈다.

[얼마나 가야 할까요?]

[이 통로가 옹안까지 일직선으로 연결되어 있다는 가정 하에 족히 사흘은 가야 하지 않겠소?]

[그렇군요.]

그것을 끝으로 화룡은 전음을 보내지 않았다. 표정을 보아하니 답답한 모양이었다.

중간중간에 공기가 통할 수 있게 작은 구멍들이 나 있었지만 답답하게 느껴지는 것 같았다.

정작 화룡이 인상을 찌푸린 이유는 사흘이라는 시간 때문이었다. 생리 현상 같은 것도 해결을 해야 할 텐데 마땅치 않을 듯했고, 야명주가 있다고는 하나 어두운 통로를 걷고 있으니 시간이 얼마나 지나갔는지도 알기 어려웠다.

"속도 좀 올리면 좋으련만."

화룡과 비슷한 생각을 하고 있었는지 비호가 자신도 모르게 중얼거렸다.

그리고는 황급히 자신의 입을 틀어막았다.

작게 혼잣말로 중얼거렸다고는 하지만 누구 하나 입 여는 사람 없는 고요한 통로 안에서 그의 목소리는 상당히 크게 들렸다.

게다가 지하에 있는 통로이다 보니 목소리가 울렸고, 그 때문에 더 멀리까지 퍼져 나갔다.

그의 말에 비밀통로를 지나고 있는 사람들 중 일부가 소리가 난 쪽으로 고개를 돌렸다.

그에 비호가 재빨리 아무 말도 하지 않은 척 연기를 했고, 두리번거리던 사람들은 다시 앞을 보며 걸었다.

조용히 상황을 넘기자 비호는 아주 작게 한숨을 내쉬었다.

화룡은 그런 비호를 한심하다는 듯 째려보았다.

비호는 민망한 듯 그녀의 시선을 마주하지 못하고 애꿎은 허공만 바라보았다.

[조용히 따라 갑시다.]

[…예.]

이어진 상천의 전음에 비호는 고개를 숙일 수밖에 없었다.

얼마의 시간이 흘렀을까.

그나마 천장에 뜨문뜨문 나 있는 구멍을 통해 빛이 들어왔다 사라지는 것을 보며 하루가 지나가는 것은 알 수 있었다.

비밀통로에 들어오고 이틀이 지났다.

하지만 앞쪽에는 여전히 어둠만 있을 뿐, 출구 같은 것은 보이지 않았다.

통로가 아닌 밖에서 풍경을 보며 걸었다면 더없이 즐거웠을지 모를 이틀의 시간이 지금은 너무 지겹고 힘들었다.

그러다 보니 대부분은 지금 현재 적들에게 쫓겨 도망치고 있다는 사실을 점점 망각해 가고 있었다.

그저 얼른 이곳에서 벗어나고 싶다는 마음만 굴뚝같았다.

그런 마음은 상천이나 비호, 화룡도 다르지 않았다.

아무것도 하지 않고 그저 걷기만 했을 뿐인데 그들의 얼굴에는 지친 기색이 역력했다.

빛도 잘 들지 않는 비밀통로를 걷기만 하는 것도 지칠 일인데 먹는 것도 겨우 허기를 면할 정도로 때우고 있어 더욱 지쳤다.

그러다 보니 점점 나아가는 속도도 느려졌고, 비밀통로를 빠져나가기까지 아직도 멀게만 느껴졌다.

그렇게 삼 일째 되는 날이 되었다.

화룡은 상천이 삼 일 정도를 예상하고 말했기 때문에 은근히 '오늘은 나갈 수 있지 않을까?' 하는 기대를 하고 있었다.

하지만 눈에 띄게 느려진 속도 때문에 나가지 못할 수도 있겠다는 불안감은 여전했다.

"후우……"

비호가 작게 한숨을 내쉬었다.

이제는 걷는 것도 자신의 힘으로 걷는 것인지 앞으로 걸어 나가는 관성 때문에 걷는 것인지 헷갈리기 시작했다.

[비호, 앞으로 가서 군사에게 전하시오. 속도를 올리라고.]

때마침 들린 상천의 전음에 비호의 얼굴에 화색이 돌았다.

지금까지 묵묵히 참고 걸어 온 상천도 드디어 인내심의 한계를 드러낸 것이라 생각했기 때문이었다.

[화룡, 나를 따라 뒤쪽으로.]

상천의 전음에 화룡은 그와 함께 뒤쪽으로 처졌다.

그것을 본 비호는 자신만 놔두고 뒤로 빠지는 두 사람을 어리둥절한 표정으로 쳐다보았다.

[서두르시오! 뒤쪽에 추격이 있소!]

이어진 상천의 전음에 화들짝 놀란 비호는 그제야 사람들을 제치고 앞쪽으로 빠르게 달려 나갔다.

상천과 화룡은 뒤쪽으로, 비호는 앞쪽으로 달려 나가자 비밀통로를 지나는 무인들은 별안간 무슨 일인지 몰라 어리둥절한 표정을 지었다.

그리고 그것은 곧 두려움으로 바뀌었다.

"속도를 올려야 합니다! 뒤쪽에 추격이 있습니다!"

비호가 앞으로 달려 나가며 소리쳤다.

작은 소리도 울려 멀리까지 들리는 비밀통로였기에 그의 목소리는 모든 사람에게 똑똑히 들렸다.

비호의 말에 무인들이 우왕좌왕하기 시작했다.

이미 도망치는 순간부터 전의를 상실한 그들이었기에 적이 뒤쫓아 오고 있다는 소식에 서로 먼저 앞서나가기 위해 발버둥치기 시작했다.

"갈!"

그때 선두에 있던 나군천이 뒤쪽을 향해 일갈을 내질렀다. 그러자 우왕좌왕하던 무인들이 발걸음을 멈추었다.

"한심한!"

나군천은 진심으로 그들을 한심하게 보고 있었다.

여기 있는 자들은 모두 반월도문과 은남도문의 무인이었다.

물론 무공을 모르는 일부 사람들이 있기는 하지만 대부분이 사도련의 수위를 다투는 두 문파의 무인들이었다.

그런데 이런 모습을 보이다니.

나군천은 한심스러움과 함께 절망을 맛보았다.

"저도 뒤쪽으로 가겠습니다."

마찬가지로 앞쪽에 있던 전마대주가 나군천에게 말하고는 대답도 듣지 않고 자신의 도를 든 채 뒤쪽으로 달려갔다.

앞쪽에 당도한 비호는 뒤쪽으로 달려 나가는 전마대주를 보고는 나군천이 있는 쪽을 힐끗 한 번 바라보았다.

"젠장! 똥개 훈련 하는 것도 아니고!"

그렇게 말한 비호도 곧장 뒤쪽으로 신형을 날렸다.

"내가 가겠다."

"안 됩니다."

적이 쫓아오고 있다는 말에 그리로 가려는 나군천의 앞을 하신이 막아섰다.

그에 나군천이 두 눈에 불꽃을 만들어내며 하신을 노려보았다.

"비키게."

"절대 안 됩니다."

하신이 나군천의 눈을 피하지 않고 그의 앞을 막아섰다.

"문주님은 반월도문의 정점에 계신 분입니다. 몸이 멀쩡하시다면 말리지 않겠지만 그렇지 않은 상태에서 위험한 곳에 가시는 것을 두고 볼 수는 없습니다."

"후우……."

하신의 말에 나군천이 깊게 심호흡을 했다. 그리고는 하신을 똑바로 바라보았다.

"하신."

"예."

"자네가 뭔가 크게 잘못 알고 있는 게 있어."

나군천의 말에 하신이 그를 똑바로 바라보았다.

"난 문주이기 전에 한 사람의 무인이야. 치욕을 당하고 되갚아주지 않으면 무인으로서의 자존심에 금이 가지."

"문주님께서 잘못 알고 계십니다."

"뭐?"

하신의 반박에 나군천의 눈썹이 꿈틀거렸다.

"무인은 누구나 될 수 있지만 문주는 아무나 되는 게 아닙니다. 문주님은 무인이지만 반월도문의 문주이십니다. 반월도문이라는 이름이 결코 가볍지 않다면 문주님의 어깨에 그 무게가 매달려 있는 겁니다."

"하아……."

하신의 말에 나군천이 깊게 한숨을 내쉬었다. 그리고는 저 멀리 적들이 쫓아오고 있을 어두컴컴한 곳을 바라보았다.

"연비산."

"예."

나군천이 직속 회위대인 제왕무적대 대주 연비산을 불렀다.

"가서 막아라. 한 놈도 통과시키지 말고."

"……."

나군천의 명에 연비산은 바로 대답하지 못했다. 그에 나군천이 잔뜩 찌푸린 얼굴을 한 채 그를 바라보았다.

"뭐지?"

"제왕무적대의 임무는 문주님의 곁에서 호위하는 것입니다. 멀어질 수 없습니다."

"내 명령이다. 제왕무적대는 내 직속이고. 지금 같은 시국에서 명령불복종은 중죄다."

"알고 있습니다. 하지만 그 명령, 받을 수 없습니다."

연비산이 굳은 표정으로 대답했다. 그에 나군천이 하신을 보며 물었다.

"군사도 내 말을 안 듣고 내 직속이라는 제왕무적대의 대주도 내 말을 안 듣는다. 내가 문주인가?"

그 물음에 하신과 연비산은 아무런 대답도 할 수 없었다. 그에 그들에게서 눈길을 거둔 나군천이 싸늘한 표정으로 그들을 지나치며 말했다.

"난 문주가 아니다. 무인이다."

　상천과 화룡은 자신들의 뒤로 반월도문과 은남도문의 무인들을 보내고는 지금까지 자신들이 걸어왔던 통로를 바라보고 서 있었다.
　확실히 적들이 쫓아오고 있기는 한지 미약한 진동과 소리가 들리고 있었다.
　점점 적들이 가까워지는 것 같자 상천이 세 걸음 정도 앞으로 걸어 나갔다.
　"내 뒤로 넘어가는 적들만 확실하게 처리해 주시오."
　"아, 알겠습니다."
　화룡이 당황스러워하며 대답했다.
　뒤쪽으로 빠져 나가는 적들을 처리해 달라고는 했지만 왠지 상천의 등을 보고 있으면 아무도 보내지 않을 것 같은 든든한 느낌이 들었다.
　그때, 도망치고 있는 일행들 쪽에서 두 사람이 빠르게 다가왔다.
　전마대주와 비호였다.
　조금 앞에 나가 서 있는 상천을 보며 비호가 무슨 상황이냐는 듯 턱짓으로 물었다.
　"뒤로 넘어가는 적들만 확실하게 처리해 달라고 하셨어."

"뭐?"

비호가 놀라며 물었다.

그 말은 상천 혼자 적들을 맞겠다는 것과 같은 말이기 때문이었다.

가만히 듣고 있던 전마대주가 두 사람을 지나쳐 상천의 옆에 섰다.

자신의 옆에 와서 서는 전마대주를 힐끗 쳐다본 상천이 다시 어두컴컴한 통로 쪽으로 시선을 돌렸다.

"그때는 감사했소."

"아니오."

"혹여 짐이 되지는 않을지 모르겠소."

전마대주의 말에 상천이 살짝 미소를 짓고는 대답했다.

"천하의 철혈전마대주께서 그런 말씀을."

"예전엔 그런 생각을 했었는데 요즘 들어 착각하고 있던 건 아닌가 하는 생각이 들던 참이오."

담소를 나누듯 말하는 두 사람의 시선은 여전히 정면에 고정되어 있었다.

"물을 것이 있소. 그건 이 통로를 나가거든 묻겠소."

"후후."

상천의 말에 전마대주가 살짝 웃었다.

자신의 자존심이 상하지 않도록 조심스레 말을 했지만 쉽게 말하면 죽지 말라는 뜻이었다.

"그럼, 내가 먼저."

그렇게 말한 상천이 먼저 앞으로 한 발 내딛으며 검을 뿌렸다.

어두운 통로에 비추던 한 줄기 빛에 상천의 검이 눈부시게 반짝였다.

쒜엑!

상천의 검이 한들거렸다.

굉장히 날카롭게.

스멀스멀 날아드는 상천의 검을 보며 앞서 튀어나오던 귀령대원들은 속으로 코웃음을 쳤다.

귀령대라 하면 군마성 내에서 살귀대보다 더 빠르고 잔인한 부대였다.

그런 그들이 한들거리며 날아드는 검을 피할 수 없을 것이라고는 전혀 생각하지 않았다.

하지만.

누군가 그랬던가?

무림은 상식과 비상식이 공존하는 세계라고.

지금 귀령대의 눈앞에서 그것이 벌어지고 있었다.

그냥 지나갈 수 있을 것 같았다. 그런데 지나갈 수 없었다.

마치 한들거리는 상천의 검으로 귀령대원들이 달려드는

것 같았다.

상천의 뒤에서 그것을 보고 있는 사람들은 그런 착각을 느끼고 있었다.

그런데 정작 귀령대원들은 자각하지 못하는 것 같았다.

상천의 검이 자신들의 목 언저리에 닿는 순간까지도 검 한 번 휘두를 생각을 하지 않는 것을 보면.

그런 착각을 불러일으키는 원인은 천유보에 있었다.

상천은 극에 다다른 천유보를 응용해 미끄러지듯 바닥을 훑고 있었다.

그것이 워낙 좁은 범위에서 간결하게 이뤄지는 통에 제자리에서 움직이지 않는 것처럼 보일 뿐이었다.

그리고 그것은 넓다고는 하나 공간이 제한적인 비밀 통로 안이기 때문에 가능한 일이었다.

서걱! 서걱! 서걱!

앞선 세 명의 귀령대원 목이 날아갔다.

그에 탄력을 받은 상천은 좀 더 앞으로 나아가며 먼저 적을 맞으려 했다.

하지만 그보다 먼저 상천의 앞으로 치고 나가는 사람이 있었다.

다름 아닌 전마대주였다.

콰앙!

위력적인 일격에 두 명의 귀령대원이 강한 기파에 휩쓸리며 걸레 조각처럼 변했다.

자신의 앞을 막고 선 그의 등을 보며 상천이 피식 웃었다.

아무런 말도 하지 않았지만 그 의미를 알 수 있었다.

'진 빚을 갚는다.'

지난번 자신의 목숨을 구해주었으니, 적어도 이번 수고만큼은 자신이 나서서 하겠다는 의지의 표현이었다.

전마대주의 도가 무겁게 허공을 갈랐다.

비록 그가 기마대를 이끌고 있다고는 하지만 말이 없다 하여 무위가 약해지는 것은 아니었다.

지난번 살귀대주와의 싸움에서는 고전을 했지만 그때는 철혈전마대 특유의 철갑을 입고 있는 상태였다.

하지만 지금은 움직이기 편한 무복 상태.

그때만큼 상대의 빠른 속도에 고전할 일은 없었다.

전마대주의 도에 귀령대원들이 속수무책으로 당해갔다. 상천이 나설 일이 거의 없을 정도였다.

전마대주와 상천이 앞에 버티고 있으니 뒤쪽으로 넘어오는 적들이 없었다.

만에 하나 그럴 일에 대비해 뒤쪽에서 검을 들고 대비하던 화룡과 비호는 천천히 검을 내리고 구경하기 시작했다.

그때 상황에 변화가 생겼다.

대원들을 먼저 보내고 뒤에서 천천히 다가오던 귀령대주가 전면에 나선 것이다.

꽈앙!

전마대주의 도와 귀령대주의 검이 강하게 부딪쳤다.

대원들이 그렇게 죽어 나갔음에도 귀령대주의 표정에는 변화가 없었다.

반면 전마대주의 표정은 사나웠다.

자신들과 직접적으로 맞부딪친 살귀대가 아니라 하더라도 군마성을 만나기만 하면 반드시 부숴 버리겠다고 이를 갈고 있었다.

그러던 찰나에 귀령대가 나타났으니 이제는 그간 갈아온 이로 깨물어야 할 때였다.

"네놈이 대가리구나."

전마대주가 귀령대주의 검과 맞댄 도에 더욱 힘을 주며 말했다. 하지만 귀령대주는 아무런 대꾸도 하지 않았다.

전마대주는 자신과 검을 맞대고 있는 상대가 종무헌을 쓰러뜨린 귀령대주라는 것을 모르고 있었다.

하지만 알고 있었다 하더라도 전마대주는 지금처럼 그와 검을 맞대고 있을 것이 분명했다.

귀령대주의 검에 전마대주의 도가 막히자 귀령대원들과 군마성의 무인들이 그를 지나쳐 쏘아져 나갔다.

하지만 그 뒤에 상천이 있음을 그들은 간과했다.

쒜엑!

상천의 검이 짧고 빠르게 휘둘러졌다.

천유보를 밟으며 종횡무진 하는 상천의 검은 정확하게 적들의 목을 찌르고 빠졌다.

초식을 사용하고 있지는 않지만 간결하고 날카로운 검격에 군마성 무인들은 속수무책으로 당하고 있었다.

"이런. 여기서 이런 피해를 입는 건 자존심 상하는 일인데 말이죠."

어둠 속에서 군마성 수석장로 여상이 모습을 드러냈다.

스스로 피해를 입었다고 말하면서도 표정에는 여유가 넘쳤다.

그의 등장에 상천은 긴장한 듯 표정이 딱딱하게 굳어 있었다.

그만큼 여상의 존재감이 컸던 까닭이다.

"저자가 나 문주님을 그리 만든 놈이오! 피하시오!"

여상을 알아본 전마대주가 귀령대주에게 시선을 고정시킨 채 소리쳤다.

하지만 그렇다고 해서 뒤로 물러설 수도 없는 일.

상천은 똑바로 여상을 바라보았다.

전마대주와 상천의 검이 멈추자 군마성 무인들이 물 밀듯이 밀고 들어오는 통에 비호와 화룡은 정신이 없었다.

적들에게 자신들은 안중에도 없는 듯 보였지만, 그렇다고 그냥 놔둘 수도 없는 노릇이었다.

이를 악물고 정신없이 검을 휘두르고는 있었지만 그 많은 숫자의 적을 감당하기에는 역부족이었다.

"젠장!"

비호가 검을 휘두르며 소리쳤다.

화룡은 그 짧은 말 한마디도 내뱉을 정신이 없는지 잔뜩 찡그린 표정으로 검을 휘두를 뿐이었다.

퍽! 퍽! 퍽! 퍼퍼퍽!

그때, 두 사람의 뒤쪽에서 호박처럼 단단한 무언가가 깨지는 것 같은 소리가 연달아 들렸다.

나군천의 등장이었다.

"버러지 같은 놈들이 감히."

나직한 한마디였지만 그의 분노가 고스란히 담겨 있는 말이기도 했다.

나군천이 천천히 앞으로 걸어 나오며 도를 휘둘렀다.

다리에 힘을 주며 도를 휘둘렀기 때문에 봉해놓은 다리 쪽 상처가 다시 터져 절뚝거리고 있었다.

하지만 나군천은 눈 하나 깜짝하지 않고 자신을 지나쳐 가려는 적들을 향해 도를 휘둘렀다.

나군천이 가까이 다가오자 눈빛을 교환한 비호와 화룡은 그가 자신들이 지나쳐 감과 동시에 그의 뒤쪽으로 빠져 주었다.

그 편이 훨씬 더 부담을 줄일 수 있기 때문이었다.

나군천의 기세 때문일까.

적들이 쉽게 달려들지 않고 있었다.

그러자 잠시 여유를 가진 나군천이 여상과 대치하고 있는 상천에게 말했다.

"그자를 내게 양보해 주시겠소, 백룡문주?"

"괜찮으시겠습니까?"

상천이 물었다.

여느 때 같으면 불같이 화를 냈을 나군천이다.

감히 자신에게 백룡문의 문주 따위가 안위를 걱정한다면서.

하지만 지금은 아니었다.

상천이 절정에 들었다는 이야기는 이미 들은 상태였고, 자신이 질 것을 염려한다기보다는 자신의 부상을 걱정하여 하는 말이라는 것을 알고 있기 때문이었다.

"괜찮소. 이 자리에서 죽어도 저놈 목은 내 손으로 따야겠소."

"문주님."

동귀어진이라도 하려는 것 같은 나군천의 말에 상천이 걱정스러운 듯 그를 불렀다.

그러자 나군천이 걱정 말라는 듯 상천의 어깨를 다독이며 말했다.

"난 문주가 아니라오. 이제는 그저 한 사람의 무인일 뿐이오."

그렇게 말한 나군천이 상천을 지나쳐 여상과 대치했다.

"오랜만이군요. 한동안 못 걸을 줄 알았는데, 대단하십니다."

여상이 특유의 웃는 낯으로 나군천을 맞았다. 그에 나군천 역시 싸늘한 미소로 그의 말을 받았다.

"죽일 놈이 있으니 저절로 움직이더군."

"후후."

나군천의 서늘한 한마디에 여상은 살짝 미소만 지을 뿐 별다른 말은 하지 않았다.

나군천이 여상과 대치하자 군마성 무인들이 다시 슬금슬금 움직이기 시작했다.

[백룡문주, 뒤를 부탁하오.]

나군천이 상천에게 전음을 보냈다.

상천이 절정에 올랐다는 것은 자신과 비슷한 무위를 가졌다는 뜻이었다.

그 말은 앞서 간 이들을 통틀어 상천보다 강한 무위를 가진 사람은 없다는 뜻이기도 했다.

지금 현재 가장 믿고 맡길 수 있는 사람은 상천뿐이었다.

하지만 정작 나군천의 전음을 받은 상천은 난감하기 그지없었다.

자신은 이제 고작 스물두 살의 어린 청년이다.

백룡문의 문주라고는 하지만 제대로 된 문파의 문주도 아니다. 경험이 일천하다는 뜻이다.

단순히 무공으로 사람들을 지키고 위험을 막는 것이라면 어떻게든 해볼 수 있을 것이다.

그것이 결국은 백룡문의 안위로 이어지는 길이기 때문이다.

하지만 나군천의 전음은 그보다 더 많은 것을 내포하고 있는 것처럼 느껴졌다.

아니, 확실했다.

그렇지 않다면 자신에게 그런 말을 하지는 않았을 것이다.

나군천의 말이 아니더라도 자신은 싸울 수밖에 없는 상황이고 반월도문과 은남도문의 무인들이 적들의 손에 죽어가는 모습을 그냥 보고 있지 않을 테니까.

그럼에도 불구하고 상천에게 부탁한다고 한 것은 그 이상을 부탁한다는 뜻이리라.

앞서 간 이들을 통제하고 하는 부분에 있어서는 하신이나 장로들이 도맡아 하겠지만 어느 정도 상천이 의견을 개진해 달라는 의미였다.

나군천과 전마대주가 길을 막았다.

지금도 적들은 계속해서 앞서 간 이들을 쫓아 밀려오고 있었다.

"갑시다."

상천이 비호, 화룡과 함께 앞서 간 이들의 뒤를 따라 달렸다.

한참 따라 가던 상천은 빠르게 적들이 있는 쪽으로 달려가는 제왕무적대를 볼 수 있었다.

第二章

빈자리

붉은빛이 감도는 석실.

따뜻함을, 아니, 되레 덥게 느껴질 수 있는 빛깔이 감돌고 있음에도 석실에는 한기가 돌았다.

하얀 입김이 뿜어져 나올 정도로 차가운 석실 한가운데에 상의를 탈의한 채 가부좌를 틀고 앉아 있는 사람이 있었다.

한겨울을 연상시키는 한기에도 그 사람, 서기종은 조금도 얼굴을 찌푸리지 않고 있었다.

오히려 표정은 이 정도 한기는 아무것도 아니라는 듯 평온 하기 그지없었다.

그에게서 멀찌감치 떨어진 곳에 한 명이 서 있었다.

서기종의 사부였다.

그의 표정 역시 덤덤했지만 눈빛에서만큼은 흡족함이 가득 묻어나고 있었다.

짧은 시간 동안 서기종이 해낸 것을 생각하면 사부로서 충분히 그럴 만했다.

물론 그의 도움이 있었다고는 하지만 서기종은 생각한 것 이상으로 빠르게 성과를 보였다.

그리고 지금 이 순간. 목표를 위한 마지막 조각이 완성되고 있었다.

"후우……."

서기종이 호흡을 갈무리하며 눈을 떴다. 그의 입에서 흘러나온 하얀 입김이 허공에서 부서졌다.

"잘했다, 잘했어."

"사부님."

서기종이 자신에게 다가오는 군마성주를 보며 자리에서 일어났다.

"기분은 어떠하느냐?"

"좋습니다, 아주."

서기종이 만족스런 미소를 지어 보였다.

실제로 자신의 몸 안에서 꿈틀대는 기운을 느끼며 굉장히 홍분되어 있는 상태였다.

이 정도라면 누구와 싸워도 이길 수 있을 것 같았다.

상대가 상천이라 하더라도.

"후후. 자, 이제 가자꾸나. 사부와 함께 세상을 활보해 보자꾸나."

"예."

서기종이 짧게 대답했다.

사부가 군마성의 성주이고 지금까지 벌어진 모든 일을 일으킨 장본인이라는 말을 처음 들었을 때에는 엄청난 충격을 받았던 서기종이었다.

하지만 군마성주의 감언이설과 강해질 수 있다는 유혹은 결국 그를 군마성의 사람으로 바꿔 버렸다.

자신의 뒤를 따르는 서기종의 기척을 느끼며 군마성주는 여전히 만족스런 표정을 짓고 있었다.

*　　　*　　　*

가릉과 장무진은 귀령대주의 명령에 따라 비밀통로의 출구가 있을 것으로 의심되는 모든 범위를 수색하기 위해 빠른 속도로 말을 달렸다.

말을 모는 두 사람의 표정은 썩 밝지 않았다.

아무리 생각해도 귀령대주의 가설이 맞아떨어질 가능성이 희박하다는 생각 때문이었다.

'이런 뻘짓을!'

가릉이 속으로 소리쳤다. 직접 들어 볼 수는 없었지만 분명 장무진도 같은 생각을 하고 있으리라.

하지만 어쩌겠는가.

이번 임무의 모든 결정권은 귀령대주에게 있는데. 군마성 제 일 장로인 여상도 그의 말을 군말 없이 따르고 있지 않은가.

그런 데다가 지난 번 임무 때문에 성주의 질책까지 받았으니 더더욱 어쩔 수 있는 도리가 없었다.

짜증이 나도 따르는 수밖에.

"사소한 것도 놓치지 마라!"

포위망을 형성하며 퍼지고 있는 수하들을 향해 장무진이 날카로운 목소리로 외쳤다.

귀령대주 때문에 솟구친 짜증을 애먼 수하들에게 풀고 있는 그였다.

"대충 거리가 얼마나 되지?"

"아직 오 리 정도밖에 안 됩니다."

장무진의 대답에 가릉이 인상을 찌푸렸다. 인원은 한정적인데 어찌 그 넓은 범위를 수색한단 말인가?

"아주 엿 먹이려고 작정을 했군."

가릉이 이를 갈며 말했다.

그렇게 생각할 수밖에 없었다. 적은 인원으로 그 넓은 범위를 수색한다는 건 불가능한 일이었다.

그렇게 해서 그들을 놓치게 되면 자신들에게 질책이 떨어질 것은 자명한 일. 그처럼 좋은 구실이 또 있겠는가.

가릉의 생각을 읽은 장무진도 고개를 끄덕였다.

"절대 그렇게 되도록 놔둘 수는 없지."

"물론입니다."

가릉과 장무진은 이를 갈았다.

하신은 뒤를 돌아보지 않았다.

적을 맡기 위해 되돌아간 나군천의 안위가 걱정이 됐지만 지금 자신이 할 수 있는 것은 멀쩡히 되돌아올 것이라는 믿음과 함께 묵묵히 앞으로 나아가는 것뿐이었다.

비밀통로 밖의 상황이 어떨지, 그리고 뒤에서 쫓아오는 적들의 상황은 어떤지 궁금하기도 하고 불안하기도 했지만 뒤늦게 다시 합류한 상천의 존재는 하신에게 더 없이 큰 힘이 되고 있었다.

나이가 어리고 문파라고 부르기도 민망한 곳의 문주라고는 하지만 절정고수라는 위치가 가져다주는 무게감은 상당했다.

어디까지나 실력이 최우선인 무림에서 절정고수인 상천의 존재는 모든 사람들에게 안도감을 가져다주기에 충분했다.

하지만 정작 상천은 그런 것을 아는지 모르는지 가장 선두에 서서 언제 끝날지 모르는 비밀통로를 걷고 있을 뿐이었다.

"잠깐."

한참을 걷던 상천이 돌연 발걸음을 멈추었다. 뒤따르던 사람들의 얼굴에는 어리둥절함과 불안감이 동시에 떠올랐다.

상천의 표정은 딱딱하게 굳어 있었다.

강한 위화감이 앞쪽에서 느껴졌기 때문이었다.

'누군가가 온다?'

아니었다. 누군가가 다가오는 것은 아니었다. 위화감은 가까워지지 않고 멀지 않은 곳에서 멈춰 있었다.

'통로 바깥이군.'

빛이 보이지는 않고 있지만 통로 바깥에 누군가 있는 것이 분명했다.

다행인 것은 아직 통로의 출구를 찾지 못한 것 같다는 점이었다. 만약 찾았다면 그리로 물 밀듯이 밀고 들어왔으리라.

하지만 그렇다고 해서 좋은 상황은 아니었기에 상천은 쉬이 발걸음을 떼지 못했다.

"무슨 일이십니까?"

하신을 비롯한 은남도문과 반월도문의 수뇌들이 상천에게

다가왔다. 영문을 몰라 다가왔지만 굳이 상천이 대답하지 않아도 그들 역시 통로 끝에서 느껴지는 위화감을 금방 알아차렸다.

"나가야 합니다."

하신이 짧게 말했다. 하지만 그 말에 아무도 반응을 보이지 않았다.

지극히 당연한 말이지만 어떻게 뚫고 나가느냐 하는 것이 문제이기 때문이었다.

"통로의 출구는 어떻게 되어 있습니까?"

아무도 이렇다 할 해답을 내놓지 못하고 있을 때 상천이 하신에게 물었다.

"그게 무슨 말씀이십니까?"

"단순히 위장이 되어 있는 것인지 아니면 열고 닫을 수 있는 문이 있는 것인지를 묻는 겁니다."

"아… 열고 닫을 수 있는 문이 있습니다. 다만 그 시간이 짧지 않아 다시 닫히기까지는 일각 정도의 시간이 소요됩니다."

하신의 대답에 상천이 인상을 찌푸렸다. 하지만 어쩔 수 없다는 듯 그가 굳은 표정으로 입을 열었다.

"제가 먼저 나가지요. 적의 시선을 교란하여 혼란스럽게 만들 겁니다. 그 후, 다시 통로를 닫아주십시오."

상천의 말에 하신이 고개를 저었다.

"너무 위험합니다. 밖에 몇 명의 적이 있을지 모르는 상황인데 어찌 혼자서… 게다가 적의 시선을 일시적으로 끌 수는 있을지 몰라도 문이 닫히기 전에 발각될 가능성이 높습니다."

하신의 말대로였다. 성공할 가능성보다 실패할 가능성이 더 높은 작전이었다. 하지만 상천은 고집을 부렸다.

"걱정 마십시오. 죄송하지만 뒤쪽에 가서 비호와 화룡을 좀 불러주시겠습니까?"

상천의 말에 하신은 영문을 알 수 없다는 표정을 지은 채 수하를 시켜 뒤쪽에 있는 비호와 화룡을 불렀다.

"무슨 일이십니까?"

상천이 부른다는 말에 한달음에 달려온 비호가 굳은 표정의 상천에게 물었다.

"지금부터 중요한 일을 하려고 합니다."

"중요한… 일?"

상천의 말에 화룡이 심각한 표정으로 물었다. 이곳에 도착했을 때부터 바깥쪽에서 느껴지는 심각한 기운을 느끼고 있던 그녀였기에 상천의 말이 더욱 심각하게 느껴졌다.

"부디 지금 제 머릿속에 스쳐가는 그 생각이 맞지 않길 바랍니다."

문득 무언가 떠오른 듯 비호가 상천에게 말했다. 그의 얼굴
에는 '절대 그럴 리 없어' 라는 표정이 떠올라 있었다.

"들어볼까요?"

상천이 옅은 미소를 지으며 물었다. 그러자 왠지 자신의 생
각이 맞을 것 같다는 불길한 예감에 사로잡힌 비호가 조심스
레 말했다.

"미끼?"

"후후."

"정말입니까?"

부정하지 않고 조용히 웃는 상천을 보며 비호가 황당하다
는 표정을 지었다. 화룡 역시 고개를 절레절레 저으며 '말도
안 된다' 는 표정을 지었다.

"열심히 뛰어다니기만 하면 됩니다. 나머지는 제가 알아서
할 겁니다."

"말도 안 됩니다. 밖에서 느껴지는 기세만 봐도 적의 숫자
가 결코 적지 않은데… 밖으로 나가면 인원이 증원될 겁니다.
벌떼처럼 달려들겠죠. 그런데……."

"두 사람은 털끝 하나 다치지 않을 겁니다. 장담컨대."

자신만만한 상천의 말에 비호와 화룡은 말문이 막혔다. 죽
어도 지금 이곳을 나가고 싶지 않았다.

"시간이 없습니다. 뒤도 생각해야 하고요. 어차피 나가야 한다면 앞을 뚫을 수 있는 방법을 택해야겠죠."

맞는 말이었다. 하지만 그 앞을 뚫는 방법이 꼭 이 방법이어야 하는가에 대한 의문은 여전히 남아 있었다.

"문이 열리면 각각 양쪽으로 흩어지십시오. 최대한 시선을 분산시키는 겁니다. 할 수 있다면 기습을 하는 것도 좋겠지만 그것까지는 바라지 않겠습니다."

그렇게 말하며 상천이 검을 고쳐 쥐었다. 그리고는 웃음기 가신 얼굴로 말을 이었다.

"사냥은 제가 합니다."

오싹.

비호와 화룡은 처음으로 상천이 무섭게 느껴졌다. 절정에 올랐을 때에도, 그 많은 전투에 나설 때에도 이처럼 살벌한 살기를 토해낸 적이 없었다. 그렇기 때문에 지금 자신들 앞에 서 있는 상천이 낯설게 느껴졌다.

상천은 상천 나름대로 어깨 위의 무게감을 절실하게 느끼고 있는 중이었다. 뒤를 맡은 나군천의 부탁, 그리고 하루가 멀다 하고 걱정하고 있을 가족들을 생각하면 더욱 독하게 마음먹을 수밖에 없었다.

막연하게 생각했던 문주라는 자리의 무게감이 나군천의 행동과 말, 그리고 지금의 상황 때문에 점점 커져 이제는 제법 묵직하게 자리 잡고 있었다.

"갑시다."

그렇게 말한 상천이 하신을 바라보았다. 하얗게 상기된 하신은 마지못해 고개를 끄덕였다. 아직도 그는 상천이 하려는 일이 자살행위처럼 보일 뿐이었다.

가룽과 장무진의 눈빛은 날카로웠다. 입지가 좁아진 상황에서 이번 임무마저 실패하면 그야말로 끝장이라는 생각에 그야말로 이 잡듯이 뒤지고 있었다.

그때였다.

파박!

세 개의 인영이 어느 곳에서 갑자기 튀어 나왔다. 워낙 순식간에 벌어진 일이라 그들이 어디에서 나타났는지 제대로 확인할 수 없었다.

갑자기 나타난 세 명은 상천과 화룡, 비호였다. 미리 당부한 대로 화룡과 비호는 출구로 나오자마자 양옆으로 빠르게 달렸다.

효과는 바로 나타났다.

화룡과 비호가 흩어지자 적들의 시선이 분산되면서 포위망 역시 무너지기 시작했다.

'됐다.'

그것을 본 상천은 속으로 쾌재를 부르며 정면을 응시했다. 우왕좌왕하는 적들의 모습이 상천의 시야에 잡혔다.

'시간을 끌면 안 된다.'

상천이 검을 쥔 손에 힘을 주었다. 이윽고 진기를 머금은 검이 춤을 추기 시작했다.

간결하고 빠르게.

상천의 검이 움직일 때마다 사방으로 피가 튀었다. 전열을 다듬을 틈을 주지 않고 몰아치자 적들은 속수무책으로 당했다.

'하나, 둘.'

"끄악!"

'셋, 넷, 다섯.'

"억!"

적들이 할 수 있는 것이라고는 단말마의 비명을 지르는 것뿐이었다.

빠르게 움직이며 검을 뿌려대는 통에 뒤늦게 사태 파악을 하고 달려들려고 하면 어느새 상천의 검이 목을 꿰뚫고 있었다.

"저놈!"

장무진이 상천을 알아봤을 때에는 이미 열 명 이상이 주검으로 변한 후였다.

잔뜩 구겨진 표정의 장무진이 성큼성큼 상천을 향해 다가갔다. 당장이라도 상천의 목을 칠 것 같은 사나운 기세였다.

상천 역시 자신을 향해 다가오는 장무진의 기세를 느끼고 있었다. 하지만 검을 멈추지 않았다.

목적은 적들의 시선을 분산시키고 시간을 벌기 위함이지 힘 싸움이 아니었기 때문이었다.

'유인한다.'

파밧!

상천이 지면을 박찼다. 어느 정도 전열을 가다듬고 자신을 향해 달려드는 적들의 머리 위를 가뿐하게 뛰어 넘은 상천이 힐끗 그들을 바라보더니 정면으로 달려 나갔다.

"잡아!"

장무진이 상천의 뒤를 따라 달리며 소리쳤다.

쒜엑!

"어이쿠!"

비호가 호들갑을 떨며 옆에서 날아드는 검을 재빨리 피했다. 상천이 워낙 강해졌고 지금까지 상대한 적들이 워낙 강했기 때문에 크게 표가 나지는 않았지만 비호와 화룡 모두 합산도문 내에서 상위에 속하는 무공 실력을 갖춘 사람이었다.

군마성의 단주급이 아니라면 비호와 화룡을 이겨낼 수 있는 사람은 많지 않았다.

날랜 몸놀림으로 검을 피한 비호의 얼굴이 흑빛이 되었다.

정면에서 묵직한 도가 자신을 반으로 쪼갤 듯 날아들고 있
었기 때문이었다.

"헛!"

콰득!

짧은 기합과 함께 비호가 박찬 자리를 간발의 차이로 도가
강하게 내리 찍었다.

"쥐새끼 같은 놈!"

가릉이 사나운 표정으로 소리쳤다. 그리고는 다시 한 번 도
를 움켜쥐고 비호에게 달려들었다.

"죽어라!"

딱 봐도 무거워 보이는 도를 가릉은 너무나 쉽게 휘두르고
있었다. 마치 검을 휘두르듯 빠른 공격에 비호는 잔뜩 긴장한
표정을 지었다.

깡!

"정신 차려!"

어느새 다가온 화룡이 검으로 가릉의 도를 쳐내며 소리쳤
다. 제법 충격이 컸는지 그녀가 얼굴을 잔뜩 찌푸렸다.

"둘 다 죽어라!"

이대일의 양상이 되었지만 가릉은 전혀 개의치 않다는 듯

도를 휘둘렀다.

양팔을 모두 사용할 때만큼의 파괴력은 아니었지만 그럼에도 한 팔로 펼쳐내는 무적패도의 위력은 둘이서 감당하기 어려운 수준이었다.

긴장한 화룡과 비호는 가릉의 동작 하나하나에 집중하며 공격을 피하기 바빴다.

아슬아슬하게 그의 공격을 피하면서 간간이 들어오는 다른 적들의 공격을 피하기까지 하려니 두 사람의 심력 소모는 평소의 배 이상에 달했다.

두 사람이 그렇게 힘들어하는 만큼 가릉은 점점 화가 치밀어 오르고 있었다.

지금까지 쌓였던 것들을 화룡과 비호에게 모두 쏟아내려 했는데 도리어 점점 짜증이 쌓여만 가고 있었다.

한참 공격하던 가릉이 잔뜩 약이 오른 표정으로 화룡과 비호를 바라보았다. 그의 공격이 멈추기는 했지만 두 사람은 어느새 몰려든 적들 사이에서 고군분투하고 있었다.

"저 연놈들을 합산도문에서 처리했어야 했는데……."

가릉이 마치 맹수가 으르렁거리듯 낮게 읊조렸다. 그리고는 천천히 두 사람에게 발걸음을 옮겼다.

적들의 시선을 끄는 데 성공했으니 세 사람이 먼저 통로 밖으로 뛰어나온 소기의 목적은 달성한 상태였다.

이제 최대한 멀리 출구에서 그들을 떨어뜨려 놓는 것이 관건이었다. 상천과 비호, 화룡은 직과 김을 섞는 것은 뒤로 미루고 일단 그들을 유인하는 데 집중하기 시작했다.

"반 시진 후에 나오십시오."

하신은 비밀통로 밖으로 나가기 전 상천이 한 말을 떠올리며 작게 한숨을 쉬었다.

다행이 뒤쪽에서 쫓는 적들도 가까이 오지 못한 듯했고, 밖에서 느껴지는 기세 역시 많이 줄어 있었다.

"열겠습니다."

하신이 비밀통로 출구를 여는 장치의 손잡이에 손을 올렸다. '출구가 열리면 적들이 뛰어드는 건 아닐까?' 하는 생각이 잠시 머릿속을 스쳤지만 이내 고개를 저었다.

지금은 상천을 믿는 것밖에는 다른 방법이 없었다.

그리고는 다시 한 번 심호흡을 하며 떨리는 손을 진정시켰다.

잠시 머뭇거리던 하신이 비밀통로의 문을 열었다.

드르륵!

한 식경 전에 열렸던 문이 다시 열렸다. 은남도문의 고현과 조운겸을 비롯한 은남도문의 무사들은 혹시 모를 상황에 촉각을 곤두세우고 있었다.

상천이 나간 이후로 통로 밖에서 느껴지던 기척이 많이 줄어들기는 했지만 그래도 조심해서 나쁠 것은 없었다.

이윽고 문이 열렸다.

위장을 위해 출구 바깥에 심어놓은 덩굴들 사이사이로 보이는 바깥에서 적들의 모습은 보이지 않았다.

'다행이군. 괜찮겠지?'

하신은 안도하면서도 밖으로 뛰쳐나간 상천과 비호, 화룡의 안위가 걱정되었다.

"다행이 괜찮은 것 같소이다. 백룡문주가 적들을 제대로 유인한 것 같습니다. 그럼 나가도록 하지요."

조용히 밖의 기척을 살핀 고현이 말했다. 그에 은남도문과 반월도문의 무사들이 서둘러 통로 밖으로 빠져나가기 시작했다.

밖으로 빠져나간 무사들은 곧장 사방을 경계하기 시작했다. 당장 눈에 보이는 적들은 없었지만 언제 어디서 적이 나타날지 알 수 없었다.

"서두르지요. 가까워졌다고는 하지만 은남도문의 영역까지는 아직 거리가 멉니다."

모든 사람이 통로를 빠져나오자 고현이 나서기 시작했다. 통로 안에서는 나군천도 있었고, 나군천이 적을 막기 위해 자리를 비웠을 때에는 하신이 전적으로 상천에게 의지하고 있던 터라 일단 지켜보고 있던 그였다.

하지만 이제 나군천도, 상천도 없는 상황이니 주도권을 가져오기 시작한 것이다.

게다가 지금 이들은 은남도문으로 피난을 떠나고 있는 입장이니 그가 나선다 하여도 이상하게, 혹은 고깝게 생각하는 사람은 없었다.

딱 한 명, 하신을 제외하고.

하신은 고현의 생각을 간파하고 있었다. 그래서 지금에 와서야 적극적으로 나서는 그가 마음에 들지 않았다.

나군천이 있는 자리에서야 당연하다 치지만, 문제는 나군천이 자리를 비운 후였다.

나군천과 상천 등 적과 비등한 실력을 가진 사람들이 모두 자리를 비우자 하신은 적지 않은 불안감에 시달렸다. 심지어 자신이 내리는 모든 판단이 옳은 것인가 하는 의심마저 들었다.

그런 와중에도 고현과 조운겸은 입을 다물고 가만히 있었다. 비밀통로 안이었기 때문에 앞으로 나아가는 것밖에 할 수 있는 것이 없었다고 할 수 있겠지만 뒤쪽에서 적이 쫓아오고 있고 앞에도 적이 있을지 모를 상황이었다.

그럼에도 지원을 온 그들은 가만히 있었다.

그러다가 상천이 다시 돌아왔을 때 하신은 조용히 안도의 한숨을 쉬었다.

문주라고는 하지만 제대로 구색을 갖추지 못한 문파의 문주였다. 게다가 나이도 어렸다. 내세울 수 있는 것은 운 좋게 절정에 오른 무공 실력 하나뿐이었다.

물론 나이에 비해 침착하기는 했지만 전적으로 의지할 수 있는 인물은 아니라 생각했다. 그럼에도 상천이 돌아왔을 때 안도감이 들었다는 것은 그만큼 그가 힘들었다는 것을 의미했다.

그런데 또다시 상천이 자리를 비웠다. 사실 상천이 밖으로 나가겠다고 했을 때 적어도 고현과 조운겸은 함께 나섰어야 했다.

자신보다 어리고 삼류라 불러도 이상하지 않을 자그마한 문파의 문주가, 그것도 엄밀히 따지면 자신들과 관련 없는 문파의 일에 목숨을 걸고 뛰어드는데 이들은 그러지 않았다.

그랬던 그들이 이제 와서 나서는 꼴이라니.

너무 속 보이는 태도에 하신은 구역질이 날 것 같았다.

하지만 어쩌겠는가. 지금은 저들이 하자는 대로 할 수밖에 없는 상황이었다.

지금 자신을 비롯한 반월도문의 생존자들은 은남도문에 몸을 의탁하러 가는 길이니까.

'문주님이 계셨다면……'

지금 이 순간 하신은 나군천의 빈자리가 엄청나게 크다는 것을 뼈저리게 느끼고 있었다.

　비밀통로를 빠져나온 시간은 노을이 지기 시작했을 시간이었다. 통로를 빠져나와 속도를 올려 이동한 지 반 시진 만에 어둠이 내려앉기 시작했다.

　이동하려고 마음먹으면 불가능할 정도는 아니었지만 자칫 어둠을 틈타 적이 공격을 하면 속수무책으로 당할 수 있었다.

　결국 고현은 더 이상 이동할 수 없다는 판단을 내렸고, 이를 하신에게 알렸다.

　형식은 의사를 묻는 것이었으나 사실상 '통보'나 다름이 없는 그 의견에 하신은 그저 고개를 끄덕이는 것밖에 할 수 없었다.

　산이나 구릉이 아닌 평야라 할 수 있는 곳이었기에 주변 경계를 철저히 하면서 노숙을 하기로 결정이 났고, 무인들은 서둘러 노숙 준비에 들어갔다.

　사실 준비라고 해봤자 쪽잠이라도 편하게 잘 수 있도록 땅을 고르는 정도뿐이었지만.

　한기를 겨우 쫓을 수 있을 정도로만 작게 모닥불을 피운 무인들은 순번을 정해 돌아가며 주변을 경계했다. 정신적, 육체적 피로가 많이 쌓인 상태였지만 간단한 운기를 통해 겨우겨우 버티는 중이었다.

하신의 자리는 고현, 조운겸 등과 가까운 곳에 마련되었다. 고현과 조운겸은 아무렇지 않은 듯 했지만 하신은 그 자리가 굉장히 불편했다.

차라리 반월도문 무인들과 가까운 곳, 혹은 그들 사이에 섞여 있는 것이 훨씬 마음이 편할 것 같았다.

'문주님은 괜찮으실는지… 백룡문주는?'

하신은 지금 이 순간 나군천과 상천이 눈물 나게 보고 싶었다. 하지만 생사도 확인할 수 없는 상황. 그 때문에 더 지금 자신의 처지가 외롭게 느껴지는지도 몰랐다.

축시에 막 접어든 시간이 되자 간간이 들리던 대화소리도 거의 줄어들었다. 들리는 소리라고는 주변에서 울어대는 풀벌레 소리와 바람 소리 정도였다.

고현과 조운겸도 눈을 감고 잠을 청하는 듯했다. 하지만 하신은 누워서도 잠에 들지 못했다.

피로가 쌓여 눈은 충혈되고 시큼해 제대로 뜨고 있기도 어려웠지만 잠이 오질 않았다. 앞으로 어떻게 해야 될지, 반월도문의 운명은 어떻게 될 것인지 등 온갖 잡념이 머릿속을 어지럽게 만들고 있었다.

그렇게 상념에 사로잡힌 채 얼마나 뒤척였을까.

어디선가 다급한 목소리가 들려왔다.

"수석장로님!"

고현을 찾는 목소리. 그 말이 들리기도 전에 고현은 이미 눈을 뜨고 자리에서 일어선 상태였다.

"무슨 일이냐!"

날카롭게 곤두선 목소리로 고현이 물었다. 고요하던 주변 공기도 어느새 숨 막힐 정도로 삭막하게 변해 있었다.

하신은 자신도 모르게 긴장한 표정으로 침을 삼키고 있었다.

다급하게 고현을 찾은 은남도문의 무사는 대답 대신 자신의 뒤쪽을 바라보았다. 자연스럽게 고현과 조운겸, 그리고 하신의 시선도 그쪽으로 향했다.

어둠 속에서 누군가의 모습이 보이기 시작했고, 그 모습이 불빛을 받아 또렷해지자 하신의 눈동자가 심하게 흔들렸다.

어둠 속에서 모습을 드러낸 이는 제왕무적대주의 부축을 받으며 힘겹게 걸어오고 있는 나군천의 모습이었다.

"문주님!"

하신이 놀람과 반가움, 그리고 감격스러움이 고루 섞인 목소리로 나군천을 향해 달려갔다.

"죽어서나 다시 볼 줄 알았는데 살아서 보니 반갑군."

상태가 좋지 않아 보이는 나군천이었지만 하신을 보니 그 역시도 반가운 마음이 커 가벼운 농을 던졌다.

"문주님… 흐흑!"

결국 하신은 눈물을 보였다. 나군천의 모습을 보니 안도감과 함께 그간 했던 마음고생 등이 뒤섞여 복받쳤기 때문이었다.

하신이 우는 모습을 보니 나군천도 마음이 편치 않았다. 짧은 시간이긴 했지만 그간 하신이 얼마나 마음고생이 심했을지 짐작하고도 남았다.

"군사도 늙었군. 눈물을 다 보이고."

그 말에 하신이 눈물을 훔치며 어설프게 웃어 보였다.

"무사하셔서 다행입니다."

고현이 다가와 나군천에게 말했다. 입가에는 미소가 번져 있었지만 나군천은 그 안에서 다른 것을 읽어 내었다.

'내가 살아 돌아올 줄은 몰랐겠지.'

나군천은 쓴웃음을 지었다. 사태의 심각성을 알면서도 주도권을 쥐고 놓지 않으려는 은남도문의 속내가 뻔히 보였다.

"그리 말해주니 고맙소."

나군천의 뼈 있는 한마디에 고현의 눈썹이 살짝 꿈틀거렸지만 표정의 변화는 거의 없었다.

"백룡문주는?"

"모르겠습니다."

하신의 대답에 나군천이 무슨 소리냐는 듯 그를 바라보았

다. 그에 작게 한숨을 쉰 하신이 비밀통로를 빠져나오기 전
있었던 일을 모두 털어놓았다.

제왕무적대주에게 부축을 받은 채로 가만히 그 이야기를
들은 나군천이 입을 굳게 다물고 있다가 말했다.

"좀 쉬어야겠다."

그 말에 하신이 그를 빤히 바라보았다. 부축을 받으며 서둘
러 준비된 자신의 자리로 발걸음을 떼던 나군천이 작은 목소
리로 말했다.

"죽을 인물이 아니다. 백룡문주는."

작은 목소리였지만 거기에는 상천에 대한 믿음이 담겨 있
었다.

다행이라고 해야 할까.

아침 동이 틀 때까지 적의 모습은 보이지 않았다. 그것은
상천과 비호, 화룡이 적을 최대한 멀리 데리고 도망쳤다는 것
을 뜻했다.

하지만 상천도 돌아오지 않았다.

그것은 생사를 장담할 수 없다는 뜻. 하신은 마음이 무거울
수밖에 없었다.

아직 젊은 나이기에 지금은 호랑이 새끼에 불과할지 몰라
도 좀 더 나이를 먹고 경험을 쌓으면 중원무림에서 큰 역할을

할 만한 인물이었다.

그런 인물을 자신이 말리지 못하고 사지로 몬 것이 아닌가
하는 죄책감도 들었다.

하신의 어두운 기색을 읽은 나군천은 말없이 그를 바라보
았다. 옆에서는 제왕무적대주가 임시방편으로 처치해 놓은
나군천의 상처 부위를 살피고 있었다.

"자네도 힘들 텐데. 좀 더 수고 해줘야겠어."

"괜찮습니다."

제왕무적대주가 덤덤하게 대답했다. 나군천과 제왕무적대
주 둘만 살아남았을 정도로 치열했던 싸움이었다. 목숨은 부
지했지만 그 역시도 멀쩡한 상태는 아니었다.

하지만 나군천의 상태가 더 좋지 않았기 때문에 자신의 몸
을 돌볼 생각도 하지 못하고 있었다.

제왕무적대주가 그의 상처를 모두 살피자 나군천이 힘겹
게 자리에서 일어섰다. 그리고는 고현에게 말했다.

"서둘러야 하지 않겠소?"

"그래야지요. 괜찮으시겠습니까?"

고현의 물음에 나군천은 살짝 고개만 끄덕였다.

"문주님."

떠날 채비를 하는 그에게 하신이 다가왔다. 상천이 돌아오
지 않았는데 그냥 이대로 떠나도 되는 것인가 하는 생각 때문

이었다.

"걱정 말게. 살아 돌아올 거다. 백룡문주는. 지금은 은남도
문에 도착하는 게 우선이다."

나군천의 말에 하신은 더 이상 아무런 말도 할 수가 없었
다.

잠시 후, 그들은 은남도문을 향해 다시 발걸음을 옮겼다.

第三章
의지

상천은 거친 숨을 몰아쉬고 있었다.

큰 나무에 기대어 앉아 있는 그의 주변에는 여러 구의 시체가 있었다. 지금까지 상천의 검에 목숨을 잃은 적의 숫자만 해도 오십 명이 넘어가고 있었다.

혼자서 그 많은 적을 베어 넘기고 멀리 유인까지 해야 했기 때문에 평소보다 체력 소모는 더욱 심할 수밖에 없었다.

'잘 탈출했겠지?'

호흡이 어느 정도 진정된 후 상천은 통로 안에 있던 사람들을 떠올렸다. 부디 그들이 무사히 탈출해 은남도문으로 향하고 있길 바랐다.

'두 사람도 멀쩡하겠지?'

상천은 자신과 함께 적들을 유인한 비호와 화룡의 안위도 걱정이 되었다.

*   *   *

가릉이 비호와 화룡을 압박하는 모습을 본 것은 우연이었다.

장무진의 추격을 피해가며 적들을 쓰러뜨려 가던 상천의 눈에 고전하는 두 사람의 모습이 보였다.

지체하지 않고 그 쪽으로 몸을 날린 상천의 검이 비호의 어깻죽지 언저리까지 다가간 가릉의 도를 겨우 막아냈다.

이대로 팔 하나를 잃게 생겼다며 두 눈을 질끈 감았던 비호는 때마침 나타난 상천을 보며 작게 안도의 한숨을 쉬었다.

"이게 누구야, 오랜만이군."

갑자기 나타나 자신의 도를 막아섰지만 가릉은 전혀 당황하지 않았다. 오히려 미소를 지은 채 상천에게 반갑게 인사했다.

하지만 상천은 굳은 표정으로 그를 노려보기만 할 뿐이었다.

"이거 오랜만에 만났는데 표정이 왜 그렇지? 너무 살벌한데."

가릉은 여전히 싱글싱글 웃고 있었다. 하지만 상천은 거기에 대꾸도 하지 않고 비호와 화룡에게 전음을 보냈다.

[서둘러 이 자리를 피하시오. 적당한 때가 되면 곧장 은남도문으로 합류하고.]

상천의 전음에 두 사람은 고개를 끄덕였다. 그리고는 서로를 한 번 쳐다본 후 자리를 박찼다.

"제가 쫓지요."

파박!

비호와 화룡이 자리를 뜨자 장무진이 두 사람을 쫓으려 했다. 하지만 상천이 재빨리 그의 앞을 가로막고 섰다.

"하하하!"

가릉이 재밌다는 듯 대소를 터뜨렸다.

"우리 둘을 막겠다?"

"저 혼자 상대하겠습니다."

장무진이 먼저 나섰다. 상천이 공효를 죽였을 만큼 강하다고는 하지만 혼자서도 충분히 이길 수 있다는 생각이었다.

상천의 입장에서는 다행이었다.

다급한 상황이라 일단 앞을 막아서기는 했지만 둘을 한꺼번에 상대하는 것이 쉬운 것은 아니었다.

장세진의 경우 스스로 자멸한 부분이 없지 않았기 때문에 비교적 손쉽게 이길 수 있었다. 하지만 장무진과 가릉을 상대할 때 그와 같은 운이 또 찾아올 것이라 기대하기는 어려웠다.

두 사람이 작정하고 상천에게 한꺼번에 달려들면 상천으로서도 속수무책일 수밖에 없었다.

"후⋯⋯."

상천이 작게 숨을 내쉬었다. 그리고는 검을 들어 장무진에게 겨누었다.

그런 상천을 장무진은 살벌한 표정으로 바라보았다.

자신은 있지만 방심은 없는 상태.

스윽.

장무진이 첫 발을 내딛었다. 그리고 곧 광풍이 몰아치기 시작했다.

장무진의 공격은 거침이 없었다.

시간을 벌기 위해 선공을 내주었던 것이 화근이었다. 침착하게 위력적인 공격을 펼치는 장무진을 맞아 상천은 고전했다.

쾅! 쾅! 쾅!

빠르고 강하게 연달아 내리치는 그의 공격을 상천은 이를 악물고 막아냈다. 검이 버틴 것이 천만다행이었다.

상천은 최대한 침착하게 장무진의 공격을 막아내며 기회를 기다렸다.

세상에 완벽한 인간은 없다.

아무리 무공이 강하다 한들 자그마한 틈은 분명히 보일 것이었다.

그 단 한 번의 틈.

상천은 웅크리며 그 틈을 기다렸다.

반면 두 사람의 싸움을 지켜보는 가릉의 표정은 편안했다.

누가 봐도 장무진이 유리한 상황.

게다가 유리하다고 방심을 하고 있지도 않았다. 계속해서 침착하고 냉철하게 상천을 몰아붙이고 있었다.

가릉이 봤을 때 지금 이 상황을 상천이 역전시키기란 불가능에 가까웠다.

"더 볼 것도 없군. 쥐새끼 두 마리나 잡으러 가야겠어."

그렇게 말한 가릉이 그 자리를 떠났다.

가릉이 떠나는 것을 본 상천의 마음이 급해졌다.

비호와 화룡의 경공 실력이라면 적들을 따돌리고 멀리 도망치는 데 충분한 시간이었다.

하지만 가릉이 뒤를 쫓기 시작했다면 무사할 것이라 장담할 수 없었다.

마음이 급해지자 움직임에도 변화가 왔다.

침착하게 장무진의 공격을 막아가며 기회를 엿보던 그의 움직임이 엇박자가 나기 시작했다.

뻑!

"크흡!"

결국 상천은 일격을 얻어맞았다. 뒤늦게 장무진의 도를 검으로 막아 비틀어 도면으로 늑골을 맞은 것이다.

날로 맞았다면 그대로 몸이 반으로 쪼개졌을지도 모를 일격이었기에 면으로 맞은 것은 불행 중 다행이었다.

검으로 막아 위력을 반감시키기는 했지만 워낙 기본적으로 위력이 강했기에 맞는 순간 늑골에 금이 가며 숨이 턱 막혔다.

지독한 통증이 온 몸을 휘감았지만 가만히 있을 수 없었다. 공격을 성공시키고 상천이 휘청거리는 것을 본 장무진이 더욱 거세게 몰아치기 시작했다.

'윽!'

움직일 때마다 늑골이 욱신거렸다. 보통 사람 같았으면 그대로 주저앉아 움직이지도 못했을 정도의 고통이었지만 상천은 이를 악물고 정신력으로 버티고 있었다.

통증 때문에 제대로 힘을 싣기 어려운 상황이라 상천의 몸 곳곳에 상처가 생기기 시작했다.

아직까지는 작은 상처에 불과했지만 시간이 지나면 어떻게 될지 알 수 없었다.

"후욱! 후욱!"

호흡이 눈에 띄게 가빠진 상천의 몰골은 말이 아니었다. 그에 장무진은 회심의 미소를 지었다. 이제는 천천히 상천의 숨통을 끊기만 하면 되는 상황이었다.

"이런 녀석한테 당했다니. 공효, 그놈도 참."

장무진이 나직이 중얼거렸다. 그리고는 잠시 공격을 멈추고 비틀거리는 상천을 바라보았다.

"솔직히 기대를 좀 했다. 군마성 삼대 도법 중 하나를 깬 놈이라 한가락 할 거라 생각했는데 아니었어. 실망이군."

상천은 그의 말에 대꾸를 할 힘이 없었다. 그나마 다행이라면 장무진이 공격을 멈추고 시간을 주고 있다는 사실이었다.

상천은 힘겹게 호흡을 고르며 빠르게 진기를 돌리기 시작했다. 그러자 늑골에서부터 퍼지던 통증이 조금은 가라앉는 것 같았다.

그렇다고는 해도 지금의 상황이 좋지 않은 것은 마찬가지였다.

'힘들다.'

상천이 속으로 중얼거렸다.

나는 여기서 왜 이러고 있을까? 무엇 때문에?

처음 종삼을 따라 백룡문에 들어가고 무공을 배울 때까지만 해도 이런 모습은 상상도 하지 못했다.

어려서부터 거지 패에 끼어 생활하면서 너무 고통스러웠다.

그를 따라나섰을 때에는 그저 끔찍한 그 생활을 벗어나고 싶기 때문이었다.

무공을 배울 때에는 그저 내 한 몸 지킬 수 있는 수준이면 된다고 생각했다.

종삼과 헤어지던 날.

백룡문을 일으키겠다는 약속을 했을 때에도 그 약속의 무게를 느끼지 못했다.

그저 '내가 할 수 있는 최선을 다한다면 어떻게든 되겠지'라는 생각만 했을 뿐이었다.

그리고 그 씨앗을 함께 생활하던 이들에게 뿌렸고, 씨앗은 무럭무럭 자라고 있었다.

피식.

상천이 살짝 웃었다. 배동삼의 얼굴이 떠올랐기 때문이었다. 지독하리만치 수련에 몰두한 배동삼은 제법 실력도 쑥쑥 늘었다. 뿌린 씨앗에 싹이 트고 있는 것이다.

문파의 이름을 알릴 방법을 찾다가 무투대회에 참가하게 되고, 합산도문에 들어가게 되고.

비호와 화룡, 장여진 등을 만나게 되었다.

낭호와 서기종, 녹엽도.

소중한 인연을 만났지만 상천 본인은 너무나도 큰 세상에 발을 들여 놓았고, 그 결과가 지금 이것이었다.

아니, 어쩌면 종삼과 만나 무림에 한 걸음 다가간 순간부터 이럴 운명이었는지도 몰랐다.

'사부.'

상념의 끝에 종삼의 모습이 떠올랐다.

과거 장세진에게 당해 사경을 헤매고 있을 때 나타났던 모습 그대로였다.

너무 보고 싶었다.

부모 없이 혼자 살던 그에게 있어서 종삼은 아버지 같은 존재였다. 처음으로 의지라는 것을 했던 사람이고, 든든함을 느끼게 해준 사람이었다.

그런 사람이 곁에 없다는 것이 이렇게나 힘들다는 것을 지금에 와서야 뼈저리게 느끼고 있었다.

'쉬고 싶다.'

'쉬긴 뭘 쉬어, 이놈아!'

'사부……'

'여기가 얼마나 좋은지 알아? 이 좋은 곳에서 나 혼자 좀 더 편히 있으련다. 넌 아직 오지 마! 너 오면 귀찮아.'

피식.

상천이 다시 한 번 웃었다. 오랜 시간이 흘렀지만 종삼은 그대로인 것 같았다.

'장가도 가고, 네 새끼들도 보고. 네 새끼들이 또 새끼 낳는 것까지 본 다음에 와!'

그렇게 말한 종삼의 모습이 흐릿해졌다. 가지 말라고 붙잡고 싶은데 목소리도 안 나오고 움직일 힘도 없었다.

"무슨 생각을 하면서 그렇게 피식거리는지 모르겠지만 이제 그만 저승으로 가라."

그렇게 말한 장무진이 천천히 상천에게 다가왔다. 고작 한 걸음 거리. 그가 도를 한 번 휘두르면 상천의 목숨은 끊어질 상황이었다.

"…말래."

"뭐?"

중얼거리는 소리가 워낙 작아 제대로 듣지 못한 장무진이 자신도 모르게 되물었다. 그러자 상천이 힘겹게 고개를 들고 다시 말했다.

"아직 오지 말래, 사부가."

"뭐라는 거야? 헛소리 그만하고 가라!"

부웅!

장무진이 도를 휘둘렀다. 하지만 상천이 빨랐다.

푸욱!

한 걸음 거리.

강자도 약자에게 언제든 당할 수 있는 거리였다. 끝이라 생각한 장무진은 무방비 상태였고, 그랬기에 마지막 일격을 날리는 그의 동작도 컸다.

그 작은 틈.

상천이 그토록 기다리던 기회였고, 그것을 상천은 놓치지 않았다.

검을 들고 있는 힘껏 앞으로 찔렀다.

그리고 검의 끝은 그의 하복부를 관통해 등 뒤로 빠져나와 허공을 바라보고 있었다.

"억!"

단말마 비명이 장무진의 입에서 터져 나왔다. 도를 휘두르던 그의 동작도 그대로 멈춰 버렸다.

상천의 마지막 공격은 그대로 장무진의 하단전을 깨뜨려 버렸다. 지독한 통증과 함께 진기가 흩어지는 것을 고스란히 느낀 장무진은 그대로 허물어졌다.

"후우……."

상천이 한숨을 내쉬었다. 허물어진 장무진은 고개를 푹 숙이고 있었다. 힘겹게 몸을 일으킨 상천은 그의 복부에서 힘주어 검을 뽑았다.

털썩.

그대로 옆으로 쓰러지는 장무진.

너무나 허무하게 목숨을 잃은 그였다.

검을 든 채 상천은 주변을 바라보았다. 적들 대부분은 가릉과 함께 비호와 화룡을 쫓고 있는 중이었고, 소수만 남아 두 사람을 포위하듯 둘러싸고 있었다.

그런데 장무진이 쓰러지자 그들도 적지 않게 당황한 듯했다.

상천의 상태가 좋지 않다는 건 누가 봐도 알 수 있었다.

하지만 누구 하나 섣불리 그에게 달려들지 못했다.

잠시 그들을 바라보던 상천이 땅을 박차고 그 자리를 벗어났다.

그들이 장무진의 시신을 수습하기 시작한 것은 그로부터 제법 시간이 흐른 후였다.

감으로 방향을 잡고 달리던 상천의 시야에 적들의 모습이 들어오기 시작했다.

통증이 심해 정신이 아득해지는 상황 속에서도 상천은 검을 휘두르기 시작했다.

삼류 문파의 삼류 검법이던 단월검이 과거 중원 무림을 어둡게 만들었던 군마성의 무인들을 압도하고 있었다.

삼류 보법이던 천유보는 또 어떤가.

매끄럽게 펼쳐지는 그의 움직임을 제대로 쫓는 사람이 없었다.

말 그대로 껍데기만 있던 무공이 지금은 그 어느 때보다 찬란하게 빛나고 있었다.

적을 쓰러뜨리는 상천의 시야에 가릉은 없었다.

비호와 화룡의 모습도 보이지 않았다.

그 의미는 아직 두 사람이 살아 있다는 뜻이라 생각한 상천은 적들을 그들과 떨어뜨려 놓는 것이 더 낫겠다는 판단에 다른 방향으로 움직이기 시작했다.

'부디 살아 있으시오!'

적들을 유인하며 상천이 속으로 간절히 바랐다.

*   *   *

"큭!"

그 순간을 떠올리던 상천이 인상을 찌푸렸다. 다친 늑골이 욱신거렸다.

가만히 있으면 통증이 심하지 않았지만 조금이라도 움직이면 정신을 잃을 것만 같은 엄청난 통증이 전신을 휘감았다.

하지만 이대로 앉아서 쉴 수 있는 상황이 아니었다.

상천은 힘겹게 몸을 일으켰다.

*   *   *

은남도문의 대전 안.

가백현은 풍신현과 단둘이 있었다. 넓은 대전에 두 사람만 있으니 행한 느낌이 들었다.

"반월도문에서 피신한 인원은 어디쯤 왔지?"

"반나절쯤 후면 귀주와 호남의 경계에 접어들 겁니다."

"봉황(鳳凰)현 쪽으로 들어오겠군. 준비는?"

"이미 마쳤습니다."

풍신현의 대답에 가백현이 가만히 고개를 끄덕였다. 반월도문에서의 참패를 접한 이후 그의 표정이 밝은 적이 없었다.

"적의 동향은?"

"아직까지는 별다른 움직임이 없습니다. 아무래도 점령한 반월도문을 기점으로 재정비를 할 생각인 듯합니다."

"자네가 생각하기에는 어떤가?"

"이길 수 있는 확률을 말씀하시는 것이라면 그렇게 높지는 않습니다."

풍신현이 솔직하게 대답했다. 자존심 상하면서 위기의식을 느낄 수 있는 대답이었지만 가백현의 표정에는 변화가 없었다.

"그렇다면 그 확률을 높일 수 있는 방법은?"

"없습니다. 지금으로써는."

"지금으로써는이라……. 그럼 상황이 변하면 가능하다는 뜻이군. 자세히 말해보지."

"군마성주가 나선다면 가능합니다."

"군마성주가 나섰다는 것은 이 싸움이 막바지에 이르렀다는 것을 뜻하겠지."

"그렇습니다."

"그런데 뒤집을 수 있다?"

"제아무리 준비를 잘하고 나왔다 한들 우두머리가 쓰러지면 무너지게 되어 있습니다. 특히나 군마성처럼 재기를 노리고 모습을 드러낸 상황에서는 더더욱."

풍신현의 대답에 가백현이 앉아 있던 의자에서 일어나 대전 바깥쪽으로 발걸음을 옮겼다.

"군마성주를 쓰러뜨린다. 물론 그렇게 된다면 순식간에 전세를 뒤집을 수 있겠지."

"이길 수 있는 가능성을 높임과 동시에 저들을 완전히 무너뜨릴 수 있는 단 한 가지 방법입니다."

"자네는 내가 군마성주를 이길 수 있다고 생각하는 모양이군."

"문주님이시니."

풍신현의 대답에는 강한 믿음이 담겨 있었다. 하지만 그것은 어디까지나 수하된 입장에서 문주에 대한 믿음에 기인한 것일 뿐, 장담할 수 있는 것은 아무것도 없었다.

군마성주가 누구이며 그의 실력은 어느 정도 되는지, 아무런 정보가 없기 때문이었다.

"군마성주가 나서도 문제, 나서지 않아도 문제로군."

그렇게 중얼거린 가백현이 뒷짐을 진 채 대전 밖 은남도문의 모습을 바라보았다.

팽팽한 긴장감이 감돌긴 했지만 아직까지 은남도문은 평화로웠다.

하지만 이것도 얼마나 갈지 알 수 없는 노릇이었다.

"경계 지역의 감시는 강화했겠지?"

"물론입니다."

풍신현의 대답에 고개를 한 차례 끄덕인 가백현이 가만히 중얼거렸다.

"이제 최후의 싸움만 남은건가……."

은남도문 입장에서는 마지막이 될지도 모를 싸움이, 군마성 입장에서는 시작이 될지도 모를 싸움이 머지않았다.

상천은 성치 않은 몸으로 비호와 화룡을 찾아 다녔다.

하지만 어느 방향으로 갔는지 알 길이 없어 답답하기만 했다. 통증이 계속되어 휴식이 필요했지만 지금은 그럴 수가 없었다.

멈칫.

한참을 달리던 상천이 발걸음을 멈추었다.

'흔적!'

상천의 눈에 띈 것은 보법의 흔적이었다.

바닥에 어지럽게 찍혀 있는 흔적으로 보아 상당히 치열한 싸움이 벌어졌던 것으로 보였다.

보법의 흔적뿐만 아니라 곳곳에 혈흔도 있었다.

'멀지 않다.'

상천이 급하게 지면을 박찼다. 늑골에서 전해져 오는 통증은 중요한 것이 아니었다.

상천의 눈빛이 날카로워졌다.

반 시진 가까이 쉬지 않고 달렸다.

중간중간에 보이는 혈흔을 따라 이동하던 상천이 다시 한 번 걸음을 멈추었다.

마지막 혈흔이 이어진 곳은 여경(余慶)현 부근에 있는 작은 산이었다.

이곳까지 오면서 싸운 흔적은 보았지만 시체는 보지 못했다. 그렇다면 가륭의 것이든 두 사람의 것이든 둘 중 하나는 눈앞에 있는 산에서 볼 수 있을 것이다.

상천이 천천히 발걸음을 옮겼다.

크지 않은 산처럼 보였지만 사람이 다니지 않는 야산이라 그런지 길이 험했다. 늑골을 다친 상황에서 험한 산길을 다니

기란 쉬운 일이 아니었다.

평소 같았으면 쉽게 지나다녔을 산길도 지금은 힘들었다.

우뚝.

산속을 얼마나 헤매고 다녔을까.

상천이 발걸음을 멈추었다.

그의 시선이 닿은 곳에는 낯익은 사람 한 명이 있었다.

분명 화룡의 뒷모습. 그녀는 누군가를 품에 안고 바닥에 주저앉아 있었다.

"화룡."

상천의 부름에도 그녀는 돌아보지 않았다. 흐느끼는 듯 어깨만 간간이 들썩이고 있을 뿐이었다.

상천이 천천히 그녀에게 다가갔다.

그제야 그녀가 품에 안고 있던 사람이 싸늘하게 변한 비호라는 것을 알게 되었다.

상천은 아무런 말도 하지 못하고 주변을 살폈다.

이내 한쪽에 아무렇게나 쓰러져 있는 가룡의 모습이 눈에 들어왔다.

화룡의 것으로 보이는 검이 가룡의 목에 그대로 꽂혀 있었다. 그리고 그녀의 품에 안겨 있는 비호의 몸에는 가슴부터 복부까지 사선으로 길고 큰 상처가 나 있었다.

어떻게 상황이 흘러갔는지 충분히 알 수 있는 대목이었다.

상천은 아무런 말도 하지 않고 그녀의 옆에 서 있었다.

늦골에서 오는 것인지, 아니면 지금 상황이 가져다주는 슬픔 때문에 오는 것인지 모를 아픔이 느껴졌다.

한참을 그렇게 서서 시간을 보냈다.

그러자 말없이 흐느끼고 있던 화룡이 입을 열었다.

"저 대신 죽었어요."

"……."

"원래는 제가 죽었어야 하는 건데……."

"미안하오."

상천이 할 수 있는 말은 그것뿐이었다. 최선이라 생각했지만 무모한 계획이었고, 두 사람의 동의도 구하지 않은 채 비밀통로 밖으로 데리고 나갔다.

밖의 상황이 어떤지 모르면서 두 사람을 사지로 내몬 것이나 마찬가지였다.

비밀통로를 나오기 전 두 사람의 몸에 생채기 하나 나지 않게 해주겠다고 했다. 그런데 그러지 못했다.

'내 잘못이다.'

죄책감이 밀려왔다. 죽지 않았어야 할 사람이 죽었다.

그 모든 것이 자신의 탓이었다.

"다행이에요. 문주님이 살아 계셔서."

화룡의 그 말이 더 가슴 아팠다. 오랜 시간 함께 지내온 동료가 죽었다. 하지만 자신은 알고 지낸 지 얼마 되지 않은 사람이었다.

그런데도 슬픔을 뒤로하고 자신의 안위를 걱정했다.

그것이 상천에게 더 가슴 아프게 다가왔다.

"몸은 괜찮소?"

"전 괜찮아요."

화룡이 조심스레 비호의 시신을 바닥에 눕히고 자리에서 일어났다. 다행히 큰 상처는 없는 듯했지만 얼굴에 피로가 가득해 보였다.

"일단은 강구까지 멀지 않으니 돌아갑시다."

그렇게 말하며 상천이 비호의 시신을 안아 들었다. 얼음같이 차가운 그의 시신에 상천은 다시 한 번 가슴이 아팠다.

"괜찮으신 건가요?"

비호의 시신을 안아 든 상천이 땀을 흘리자 화룡이 걱정스러운 듯 물었다. 그에 살짝 미소를 지은 상천이 산을 내려가기 시작했고 화룡도 그 뒤를 따랐다.

그들이 있던 자리에는 가룡의 시신만 덩그러니 남아 있을 뿐이었다.

第四章

천중도문

호남성 봉황(鳳凰)현.

반월도문을 빠져나온 일행은 호남성에 들어서자 안도감을 느꼈다. 추격이 있을 것이라 생각하고 제대로 쉬지 못하며 여기까지 왔기에 느끼는 안도감은 더 컸다.

살았다는 안도감. 그리고 살 수 있겠다는 안도감이었다.

그것은 나군천도 마찬가지였다.

몸이 좋지 않은 상태에서 긴장한 채로 무리를 해왔던 그였기에 호남성으로 넘어오자 탁 풀려 버렸다.

긴장이 풀리면서 정신도 몽롱해지고 곳곳에서 울리는 통

증을 견디기가 어려워졌다.

지금까지 오는 동안 제왕무적대주에게 거의 업히다시피 해서 오긴 했지만 그 역시도 나군천에게는 무리가 되는 상황이었다.

나군천이 눈에 띄게 안 좋아지자 하신이 걱정스러운 눈빛으로 그에게 다가왔다.

그런 그에게 나군천은 손을 들어 괜찮다는 표현을 해 보였다. 하지만 낯빛은 여전히 창백했다.

나군천의 그런 상태를 고현이라고 눈치채지 못했을 리 없었다.

하지만 내색은 하지 않고 있었다.

지금 당장 어떻게 해줄 수 있는 방법도 없었고, 이대로 상태가 더 안 좋아진다면 은남도문의 입장에서는 나쁠 것이 없었기 때문이었다.

"왔군."

나군천의 상태를 모른 척하던 고현이 중얼거렸다. 그리고 잠시 후, 한 무리의 무사들이 모습을 드러냈다.

"어디에서 왔지?"

"수석장로님을 뵙습니다. 원릉(沅陵)지부에서 나왔습니다."

"본산은 문제없나?"

"예. 없습니다. 수석장로님을 비롯해 반월도문에서 오는 분들을 안전하게 모시라는 명을 받았습니다."

원릉지부에서 온 무사의 말에 고개를 끄덕인 고현이 나군천 쪽을 한 번 바라보고는 말했다.

"반월도문의 문주님께서 지금 많이 안 좋으시네. 일단 편히 가실 수 있도록 마차부터 준비하도록."

"예. 서둘러 준비하겠습니다."

절도 있게 대답한 무사가 수하들을 시켜 서둘러 마차를 준비하라 일렀다.

그것을 본 고현이 나군천에게 다가갔다.

"힘드실 텐데 잠시 앉아 쉬시지요. 곧 마차를 준비하겠습니다. 마차를 타고 일단 근처 지부에 가서 간단하게나마 치료를 하시는 게 좋겠습니다."

"고맙소."

나군천이 짧게 대답했다. 무미건조한 그의 대답에 고현은 어색한 미소를 지으며 지부에서 온 무사들이 있는 곳으로 발걸음을 옮겼다.

'이제 한숨 돌릴 수 있는 건가?'

은남도문의 영역에 들어왔고, 호위하기 위해 인근 지부에서 병력도 왔으니 마음을 놓아도 될 것 같았다.

하지만 그것도 잠시뿐. 은남도문에 가면 또 어떤 힘든 일이 벌어질지 알 수 없었다.

표면적으로 적은 외부에 있었지만 내부라고 해서 적이 없으란 법은 없었다.

'범의 아가리로 들어가는 것만 아니길……'

하신이 조용히 중얼거렸다.

*   *   *

그들이 무사히 호남성에 들어섰을 무렵.

비호의 시신을 안아 든 상천과 화룡은 백룡문에 거의 다다른 상태였다. 백룡문으로 돌아오는 도중에 상천의 상태가 좋지 않다는 것을 알아차린 화룡이 비호의 시신을 자신이 들고 가겠다고 했지만 상천은 고개를 저었다.

별것 아닌 일이지만 이렇게 해야 비호에게 미안한 마음을 조금이라도 갚을 수 있을 것 같았기 때문이었다.

하지만 힘들어하는 상천을 보는 화룡의 마음은 편하지 않았다. 상천이 왜 그렇게 고집을 부리는지는 짐작할 수 있었지만 그것은 전혀 상천이 미안해할 일이 아니었다.

만약 비밀통로에서 나오기 전 상천에게 그 이야기를 들었을 때 절대로 나가지 않겠다고 버텼다면 버틸 수 있었다. 반대는 했지만 결국 그의 뜻에 따른 것은 상천의 명령에 의한 것이 아닌 자신들의 선택에 의한 것이었다.

게다가 무림이라는 곳은 언제 어디서 어떻게 목숨을 잃을지 모를 곳이다.

비호가 죽은 것은 분명 가슴 아픈 일이었다.

특히 화룡은 자신을 구하다가 죽은 비호의 시신을 보면 가슴이 찢어지는 것 같았다.

그렇다고 해서 상천을 원망하는 마음은 조금도 없었다.

스스로 한 선택이었고, 무림에서는 너무나 당연하고 빈번히 발생하는 상황이며 자칫하면 둘 다 죽을지도 모를 상황에서 나온 어쩔 수 없는 선택이었기 때문이었다.

'나이에 비해 어른스럽기는 하지만 아직 어려. 뭐, 경험이 해결해 주겠지.'

화룡이 자신보다 앞서 걸어가는 상천의 등을 바라보며 속으로 생각했다.

그렇게 걷던 상천이 발걸음을 멈추었다.

어느새 주변은 굉장히 낯익은 풍경으로 바뀌어 있었다. 잠시 주변을 두리번거리던 화룡이 정면을 바라보았고, 그녀와 시선에 백룡문이라 적힌 현판이 또렷이 보였다.

"도착했네요."

그녀의 말에 상천은 아무런 대꾸도 하지 않았다. 어려운 길을 돌아 오랜만에 돌아왔기 때문에 느낌이 새로운 모양이었다.

"다행이 그 이후로 적들이 왔다 가지는 않았던 모양이에요."

"아무래도."

상천이 고개를 끄덕이며 짧게 대답했다. 적들이 온통 반월도문 함락에 치중한 덕을 봤기 때문이었다.

"아무도 없겠죠?"

"없소. 다들 그곳에 있겠지. 그리로 갑시다."

그렇게 말한 상천이 힘겹게 발걸음을 떼었다. 화룡이 보지 못하게 등을 돌린 채 잔뜩 인상을 찌푸렸다.

그렇다고 해서 그것을 모르지는 않았지만 화룡은 말없이 상천의 뒤를 따랐다.

반월도문이 함락되었다는 소문은 이미 귀주성 전체에 퍼진 상태였다. 그리고 당연히 피신해 있는 백룡문 사람들의 귀에도 그 소문이 들어간 상태였다.

상천과 비호, 화룡이 반월도문에 지원을 간 상황이기 때문에 소문을 들은 이후로 세 사람 걱정 때문에 잠도 제대로 못 잘 지경이었다. 특히 공혜는 상천이 어떻게 되지는 않았을지 하는 걱정 때문에 안절부절못하며 지내고 있었다.

장여진도 공혜만큼 겉으로 드러나지는 않았지만 그녀 못지않게 걱정하고 있었다. 다만 약간의 차이가 있다면 장여진은 상천에 대한 굳은 믿음도 마음 한켠에 자리 잡고 있다는 점 정도였다.

그렇게 다들 걱정과 불안으로 하루하루를 보내고 있을 때, 상천과 화룡이 돌아왔다.

비호의 시신을 안고서.

비호의 시신을 가운데 두고 모든 사람이 동그랗게 모여 섰다. 하나같이 표정은 어두웠다.

상천과 화룡이 돌아왔다는 기쁨도 잠시.

비호의 시신 앞에서 모두가 침통한 표정을 지었다. 거대한 문파인 합산도문에서 생활하다가 백룡문 같은 곳에 와서 지내면서도 언제나 밝은 모습만 보였던 그였다.

게다가 흔쾌히 상천을 문주로 받들겠다고 다짐하고 그에 맞게 행동하던 그였다.

누구나 그를 마음에 들어 했고, 든든하게 생각했고 가족처럼 생각했다. 그런 그가 싸늘한 시신이 되어 돌아왔을 때의 충격은 상당했다.

여기저기서 흐느끼는 소리가 들리기 시작했다.

어린아이들마저도 닭똥 같은 눈물을 뚝뚝 흘렸다.

"서 형은 어디 갔습니까?"

기나긴 침묵을 깨고 상천이 물었다. 그러자 녹엽과 낭호는 잠시 시선을 맞추었다. 그러다가 낭호가 어렵사리 입을 열었다.

"실종입니다."

"예?"

낭호의 대답에 상천이 깜짝 놀랐다. 실종이라니.

"어느 날 갑자기 사라졌습니다. 잠시 나갔다 오겠다고 했는데… 그 이후로 계속해서 찾아봤지만 흔적도 찾을 수가 없었습니다."

낭호의 대답에 상천은 아무런 말도 하지 못했다.

그동안 많이 의지했던 사람 중 한 명인 서기종이 실종이라니.

'왜? 무슨 일이 있었던 걸까?'

상천의 머릿속에 여러 가지 의문이 어지럽게 떠올랐다.

"저희도 답답합니다. 문주님."

녹엽이 짧게 한마디 했다. 서기종과 친했던 녹엽이다. 그런 그도 속으로는 엄청 답답해하고 있었다.

"후……."

상천이 깊게 한숨을 쉬었다. 그러면서 금 간 늑골에서 찌릿한 통증이 느껴졌지만 그것이 미약하게 느껴질 만큼 충격적이었다.

"후우… 후우……."

상천의 호흡이 가빠지기 시작했다. 그동안 다친 상태에서 무리를 한 데다가 정신적 충격으로 인해 몸 상태가 더 안 좋아진 까닭이었다.

"왜 그러십니까?"

"괜찮아요?"

장여진이 걱정스러운 표정으로 그에게 다가가 물었다. 상천에게 다가가려던 공혜는 그 모습을 보며 그 자리에 우뚝 멈춰 설 수밖에 없었다.

"문주님 몸이 안 좋으세요. 그런데 그동안 무리를 하셔서……."

화룡의 말에 낭호와 녹엽이 다가와 그를 부축했다. 짧은 시간 동안 상천의 안색은 많이 안 좋아져 있었다.

"얼른 들어가서 좀 쉬시는 게 좋겠습니다."

"비호의 시신은……."

"저희가 알아서 수습하겠습니다. 일단 쉬십시오."

상천은 비호의 시신 수습이 끝날 때까지 그 자리에 있고 싶었다. 하지만 그런 자신의 마음과 달리 정신은 점점 아득해지고 있었다.

마치 얼른 쉬라는 것처럼.

결국 상천은 녹엽과 낭호의 부축을 받아 급하게 만들어놓은 자리에 몸을 뉘였다.

상천은 자리에 눕자마자 잠에 빠져들었다.

다음 날 정오가 지나서야 상천이 정신을 차렸다.

눈을 뜨니 지붕이 보여 상천은 지금 자신이 어디에 있는 것인지 한참을 생각하다가 전날의 일을 떠올렸다.

"돌아왔구나."

상천이 낮게 읊조렸다. 몸 상태가 좋지 않아서인지 아니면 오랜만에 이렇게 편하게 누웠기 때문인지는 모르겠지만 지난 일이 전부 꿈같이 느껴졌다.

"일어났네요?"

상천의 상태를 살피러 들어온 장여진이 멀뚱히 눈을 뜨고 있는 그를 보며 말했다.

"내가 오래 잤소?"

"일곱 시진 정도는 잔 거 같네요."

"후……."

상천이 깊게 한숨을 쉬었다. 그러자 장여진이 그 옆에 앉으며 물었다.

"몸은 좀 어때요?"

"괜찮소."

그렇게 대답한 상천이 몸을 일으키려 했다. 하지만 가만히 누워 있을 때에는 괜찮던 늑골에서 또다시 지독한 통증이 몰려왔다. 그러자 진기가 빠르게 늑골 쪽으로 움직이는 것이 느껴졌다.

"그냥 누워 있어요. 많이 아플 텐데. 당분간은 그냥 쉬는 게 좋아요."

"끄응."

장여진의 말에도 상천이 억지로 몸을 일으켰다. 상체를 일으켜 앉기만 했는데도 이마에 땀이 맺힐 정도였다.

늑골에 금이 간 상태로 무리하게 움직이는 바람에 족히 한 달은 조심해야 할 정도로 상태가 심해져 있는 상황이었다.

만약 계속해서 진기가 움직이며 통증을 완화해 주지 않았다면 진작 혼절했을지도 모를 일이었다.

"비호의 시신은?"

"어제 화장을 했어요. 뼛가루는 화룡이 뿌리러 갔어요."

"혼자?"

"네. 함께 가려고 했는데 혼자 가겠다고 하더군요."

장여진의 말에 상천은 마음이 무거웠다. 여전히 자신의 탓이라는 생각을 지울 수가 없었다.

"다른 사람들은?"

"분위기가 많이 가라앉아 있어요. 아무래도 누군가가 죽는다는 걸 처음 경험하는 거니까요."

그녀의 말에 상천이 슬쩍 문 쪽을 바라보더니 힘겹게 몸을 움직였다. 그러자 장여진이 서둘러 그를 부축했다.

장여진의 부축을 받아 자리에서 일어 선 상천은 곧장 발걸음을 떼지 못했다.

잠시 심호흡을 하며 통증이 가라앉기를 기다린 상천은 조심스레 밖으로 나갔다.

바깥의 모습은 평소와 다를 바가 없었지만 다들 목소리도 작고 표정도 어두웠다.

장여진의 부축을 받아 밖으로 나온 상천을 본 배동삼이 가장 먼저 달려와 그의 상태를 물었다.

"괜찮으십니까?"

"어쭈?"

예전 같았으면 '형, 괜찮아?'라고 물었을 배동삼이 깍듯하게 자신을 대하자 상천이 옅은 미소와 함께 의외라는 반응을 보였다.

그런 자신이 어색한지 배동삼도 약간 민망해하는 듯했다.

"괜찮아요?"

어느새 다가온 공혜가 걱정스런 표정을 하고는 물었다. 그녀의 큰 눈에서는 금방이라도 눈물이 쏟아질 듯했다.

"괜찮아."

그렇게 말하며 미소를 지은 상천이 그녀의 머리를 쓰다듬으며 말했다.

"동삼, 실력은 좀 늘었나?"

"많이 늘었어요."

상천의 질문에 배동삼 대신 여소정이 대답했다. 상천이 없는 동안 여소정이 그의 수련을 봐주고 대련도 해준 덕분에 실력이 상당히 늘어 있었다.

"신경 써줘서 고맙소."

"별말씀을요."

상천의 말에 여소정이 옅은 미소를 지으며 대답했다.

"내가 직접 상대하면서 실력 좀 보고 싶은데 그건 다음으로 미뤄야겠다."

"네. 나중에 보면 정말 깜짝 놀라실 겁니다."

계속해서 자신에게 극존대를 하는 배동삼을 보며 상천이 살짝 인상을 찌푸렸다.

"그 말투, 안 쓰면 안 되겠어?"

"안 됩니다."

이번에도 대답은 배동삼이 아닌 낭호가 했다. 녹엽과 함께 저잣거리에 나가 바깥 소식을 알아보고 돌아오던 찰나였다.

"빡빡하군."

"이게 문파입니다. 이 정도 기강도 안 서면……."

"아아. 알았소. 고생 많았겠다, 동삼아."

상천이 낭호의 말을 끊으며 배동삼에게 한마디 건네자 그는 작게 한숨 쉬는 것으로 대답을 대신했다.

"서 형에 대한 소식은 여전히 들리는 게 없소?"

"들릴 소식이었으면 진작 들렸을 것이고, 연락하려고 마음 먹었으면 진작 했을 겝니다. 빌어먹을."

녹엽이 낮게 욕을 내뱉었다. 그것을 낭호가 못마땅하다는 듯 바라보았지만 녹엽은 전혀 개의치 않았다.

서기종이 사라지고 가장 마음고생을 많이 한 사람이 녹엽이었다. 처음에는 배신감이 가장 컸다. 이렇게 훌쩍 사라져 버리다니. 적어도 자신에게는 무언가 언질이라도 할 수 있었을 거라 생각했다.

하지만 시간이 지날수록 뭔가 사단이 난 것은 아닐까 걱정이 되었고, 지금까지도 괜찮을 것이란 생각과 무슨 일이 있는 건 아닐까 하는 걱정이 수시로 오락가락하고 있었다.

"후……."

상천도 도대체 어찌 된 일인지 알 길이 없어 답답하기만 했다.

"반월도문이나 은남도문 쪽 소식은 들리는 것이 없습니까?"

"없습니다. 실질적으로 사도련의 수장이라 할 수 있는 은남도문을 상대하는 일이니 적들도 전열을 재정비하려는 듯합니다."

낭호의 대답에 상천이 고개를 끄덕였다. 맹주가 쓰러진 천중도문 보다는 반월도문의 잔여 전력이 합류한 은남도문을 상대하려면 더 신중하게 접근해야 할 것이었다.

"다들 괜찮나 모르겠군."

상천이 혼잣말로 중얼거렸다. 자신에게 뒤를 부탁하고 적들을 막기 위해 통로에 남은 나군천을 비롯해 다른 사람들의 안위가 걱정이 되었다.

그런 생각을 하던 상천이 갑자기 피식 웃었다. 그에 주변에 있던 사람들은 왜 그러는지 영문을 몰라 빤히 상천을 바라보았다.

"아무것도 아닙니다. 뭐 좀 먹죠. 배고픕니다."

"알았어요. 잠깐만 기다려요."

배고프다는 상천의 말에 공혜가 서둘러 식사 준비를 위해 움직였다. 병목과 배동삼도 그녀를 돕겠다며 함께 자리를 비웠다.

"다들 저 좀 봅시다."

그렇게 말한 상천이 천막 안으로 천천히 걸어갔고, 그를 따라 낭호와 녹엽, 장여진과 여소정이 안으로 들어갔다.

천막 안으로 들어간 그들은 동그랗게 모여 앉아 상천을 바라보고 있었다.

"이제 다시 백룡문으로 돌아가는 게 좋겠습니다."

"안 그래도 그런 얘기를 얼마 전부터 하고 있었습니다."

상천의 말에 낭호가 대답했다. 적들이 은남도문에 집중하고 있는 상황에서 굳이 피해 있을 이유가 없었다. 물론 사도련이 무너진다면 또 한 번 피해야 할 상황이 올지도 모르겠지만 그건 그때 가서 생각할 일이었다.

"그럼 오후에 바로 채비를 하는 것으로 합시다."

"화룡이 아직 돌아오지 않았어요."

이른 아침에 비호의 뼛가루를 모아 어디론가 떠난 화룡은 아직 돌아오지 않고 있었다. 이대로 그냥 떠나 버린 건 아닐까 하는 생각도 했지만 상천은 아닐 거라 믿고 있었다.

설령 진짜로 떠났다 해도 상천으로서는 그녀를 탓할 수 있는 입장도 아니라 생각했다.

"채비를 다 할 때까지 오지 않는다면 서신을 남겨놓는 거로 하고. 돌아온다면 백룡문으로 찾아오겠지."

상천의 말에 다들 이견을 내지 않고 고개를 끄덕였다.

"이번에 돌아가면 다시는 이곳으로 오는 일은 없을 겁니다. 죽더라도 그곳에서 죽을 것이고 살더라도 그곳에서 살 겁니다. 우리가 있을 곳은 그곳이니까."

큰 싸움을 치르고 나군천을 보며 상천이 느낀 것이 있었다. 문파를 버리고 피하는 것에 치욕스러운 감정을 느껴야 하며 그만큼 아파해야 한다는 것을.

지금까지는 문도들을 살려야 한다는 생각 때문에 백룡문을 떠나 피하는 것을 수치스럽게 생각하지 않았지만 이제는 아니었다.

문도들 못지않게 문파도 반드시 지켜야 할 뿌리라는 것을 뼈저리게 느낀 상천이었다.

"다들 식사하세요!"

금세 한 상 뚝딱 차린 공혜가 식사를 안으로 들이며 말했다. 짧은 대화를 나눈 그들은 오랜만에 한자리에 모여 간소하지만 맛있는 식사를 할 수 있었다.

비호의 뼛가루를 근처 산속에 푸린 화룡은 멍하니 그 자리에 서 있었다. 분명 굉장히 슬픈데 눈물은 나지 않았다. 너무 눈물이 나지 않아 스스로 너무 야속하기까지 했다.

"잘 가라. 다시 태어나면 이 빌어먹을 무림에 몸담지 말고."

화룡이 비호의 뼛가루 뿌린 곳을 바라보며 중얼거렸다. 그리고는 주변을 둘러보니 벌써 날이 어두워지고 있었다.

"얼마나 있었던 거야……."

자신이 이곳에 얼마나 있었는지도 모를 정도로 멍하니 있었던 화룡이 서둘러 산을 내려가기 시작했다.

그리고 다시 상천이 있는 곳으로 돌아갔을 때, 자신만 빼놓고 이사 갔다며 뾰로통해진 그녀였다.

*　　　*　　　*

문주가 쓰러졌을 뿐 전력은 고스란히 남았다 할 수 있는 천중도문은 예상 밖으로 아비규환이었다.

장로들은 서로 자신들의 목소리를 내기 바빴고 그 사이에 끼어 있는 정사청은 답답하기만 했다. 평소에는 몰랐던 문주의 존재감을 뼈저리게 느끼고 있는 그였다.

그러는 와중에 반월도문이 무너졌다는 소식을 들었다. 나군천을 비롯해 남은 반월도문의 전력이 은남도문 쪽으로 합류했다는 소식이었다.

사도련 중 두 곳이 무너진 상황.

이렇게 되자 정사청도 현 상황을 냉정하게 보고 타개할 방법을 찾아야 한다는 급박한 생각을 하게 되었다.

하지만 생각만 했을 뿐 구체적인 방법을 찾기 어려운 상황이었다. 자신의 눈앞에서 소모적인 논쟁을 하고 있는 장로들을 보고 있자면 입 밖으로 어떤 이야기도 꺼낼 엄두가 나질 않았다.

오늘도 한바탕 장로들의 고성을 듣고 자신의 집무실로 돌아온 정사청은 의자에 털썩 주저앉아 깊은 한숨을 내쉬었다.

이대로 얼마나 버틸 수 있을지 모르겠다는 생각도 들 정도였다.

그런 생각을 머릿속에서 지우며 작게 고개를 저은 정사청은 밖에서 들려온 다급한 목소리에 정신을 차렸다.

상황이 상황인지라 수하의 다급한 목소리에 정사청은 가슴이 철렁 내려앉았다.

"무슨 일이냐!"

"문주님께서!"

수하의 입에서 '문주' 라는 단어가 들리자 정사청은 반사적으로 몸을 퉁겨 자리에서 일어났다.

"문주님께서 왜!"

"정신을 차리셨습니다!"

"하……."

종무헌이 정신을 차렸다는 소식에 정사청은 다시 의자에 털썩 주저앉았다.

밀려오는 안도감에 다리가 풀려 버린 탓이었다.

종무헌 개인적으로도 그렇고 문파 내의 현 상황을 정리할 수 있게 되었기 때문이었다.

"장로들도 이 소식을 들었겠지?"

"아닙니다."

수하의 대답에 정사청이 의아하다는 표정으로 수하를 바라보았다.

"왜?"

"그건 잘 모르겠습니다. 군사님만 조용히 모셔오라는 명이 있었습니다."

"그래? 알았다. 나가봐."

수하가 나가고 잠시 의자에 앉아 있던 정사청은 바로 자리에서 일어나 종무헌의 침소로 발걸음을 옮겼다.

종무헌은 눈을 뜬 채로 가만히 누워 있었다.

표정은 딱딱하게 굳어 있었고, 눈동자는 무슨 생각을 하는지 모를 정도로 초점이 흐렸다.

부상을 입고 오랜 시간 정신을 차리지 못하고 있었던 이유도 있겠지만 최고의 자리에 오른 무인으로서 그날의 뼈아픈 패배가 마음 깊숙한 곳을 괴롭히고 있었다.

"문주님."

자신을 찾아온 정사청의 목소리에 종무헌의 눈동자에 초점이 돌아왔다.

"왔는가."

"예. 몸은 좀 어떠십니까?"

"생각보다는 괜찮아. 꽤 오래 누워 있었다고 들었는데."

"그렇습니다."

"고생 많았겠군."

"아닙니다."

아니라 대답하는 정사청을 힐끗 쳐다본 종무헌이 실소를 흘렸다.

천중도문 안에 있는 사람 중 종무헌만큼 장로들을 잘 아는 사람은 없었다. 자신이 의식을 잃고 쓰러져 있는 동안 그들이 어떤 모습을 보였을지는 보고 듣지 않아도 알 수 있었다.

그 사이에서 정사청이 굉장히 힘들었을 것이라는 것도 잘 알고 있었다.

"그런데 왜 장로들에게는 알리지 않고 저만 따로 부르셨습니까?"

정사청의 물음에 종무헌이 살짝 얼굴을 굳혔다. 그리고는 그를 가까이 다가오게 한 뒤 작은 목소리로 말했다.

"죽을 고비를 넘기고 생각해 보니 짜증이 치밀어서 말이야. 내가 죽느니 사느니 하고 있을 때에는 자기들 밥그릇 키우려고 별짓을 다하다가 내가 깨어났다는 얘기를 듣는 순간 꼬랑지 치는 개새끼 마냥 아부를 떨겠지. 그런 것들이 이제는 너무 지겨워. 당분간은 그 얼굴들 보기가 싫어서 말이지."

종무헌의 말에 정사청이 실소를 머금었다. 뭔가 거창한 이유가 있을 줄 알았는데 생각 외로 단순한 이유 때문이었다.

"현재 상황은 어떤가?"

이어진 종무헌의 물음에 정사청은 웃음기를 거두고 말했다.

"좋지 않습니다. 현재……."

정사청은 그간 있었던 상황을 소상히 종무헌에게 전했다. 이야기를 듣는 동안 그의 표정은 점차 찌푸려지고 있었다.

"우리 천중도문이 개무시당하고 있단 말이군. 그런데도 장로들은 엉덩이 붙이고 앉아 있는 거고."

종무헌의 목소리에 약간의 노기가 묻어 나왔다. 정사청은 그 옆에서 묵묵히 서 있기만 할 뿐이었다.

"장로들 면상을 좀 더 일찍 봐야겠군. 군사."

"예."

"한 시진 후에 전부 다 대전으로 모이라 이르도록. 그전까지 내 침소로 찾아오는 일 없도록 만들고."

"알겠습니다. 그리 전하겠습니다."

몸을 움직이기에는 무리라는 생각이 들었지만 종무헌의 완강한 명령에 정사청은 만류하지 못하고 그대로 명을 받들었다.

한 시진 후.

장로들은 긴장한 표정으로 대전에 모여 있었다. 종무헌이 깨어났다는 소식에 기쁜 마음도 들었지만 그가 누워 있는 동안 자신들이 한 행동이 있기에 괜히 제 발 저리는 모양새였다.

끼이익.

대전의 문이 열리고 딱딱하게 굳은 표정의 종무헌이 모습을 드러냈다.

아직까지 움직이는 데 불편한 점이 많았지만 겉으로 보기에는 이제 막 정신을 차린 사람이 맞나 싶을 정도로 태연했다.

장로들 사이를 지나 태사의에 앉은 종무헌은 말없이 장로들을 훑었다. 긴장한 듯한 그들의 모습을 말없이 지켜보던 종무헌이 천천히 입을 열었다.

"군마성 놈들이 은남도문으로 향하고 있다고?"

"그렇습니다."

장로 중 누군가가 재빨리 대답했다. 그쪽으로 잠시 시선을 던진 종무헌이 좀 더 큰 목소리로 말을 이었다.

"반월도문을 밟고 은남도문으로 향하고 있는데 우리 천중도문은 쳐다도 안 보고 있다지?"

종무헌이 무슨 이야기를 하는지 알아차린 장로들은 아무 말도 하지 못하고 고개만 숙이고 있었다.

"개무시도 이런 개무시가 없는 상황인데 누구 하나 분해하는 것 같지도 않고 배에 살만 찌우고 있다니."

"그, 그것이 문주님께서 의식이 없는 상황인지라……."

수석장로가 조심스럽게 대답했다. 하지만 그의 변명은 오히려 종무헌의 심기를 더욱 불편하게 할 뿐이었다.

"그걸 지금… 변명이라고 하는 건가!"

결국 종무헌의 입에서 분노에 찬 일갈이 터져 나왔다.

"이런 한심한 작자들을 장로라고 앉혀 놓은 내 불찰이군. 장로들은 계속해서 배불리기에 매진하도록. 군사."

"예."

"지금 즉시 대주들 전부 다 내 집무실로 모이라 이르도록. 내가 직접 그들에게 명령을 하달할 것이니."

"아, 알겠습니다."

종무헌의 말에 장로들이 눈을 크게 뜨고 그를 바라보았다. 그 말은 장로들의 권한을 박탈하겠다는 뜻. 그만큼 종무헌의 분노가 크다는 뜻이었다.

"이러니 사도련 내에서도, 군마성 저 밟아 죽일 놈들도 우릴 개무시하는 것이다."

그렇게 말한 종무헌이 성큼성큼 대전을 벗어났다. 그가 사라진 후에도 한참 동안 아무 말도 하지 못하고 그 자리에 머물렀다.

第五章

군마성주

어느 정도 몸을 회복한 상천은 은남도문으로 떠날 채비를 하고 있었다. 아직 몸이 완전하지 않은 상황에서 떠나려 하는 상천이 걱정스러웠지만 장여진과 공혜는 만류하지 못했다.

만류한다고 해서 들을 상천이 아니라는 것을 잘 알기 때문이었다.

채비를 모두 마친 상천은 작은 짐을 들쳐메고 밖으로 나갔다. 밖에는 배동삼과 병목을 비롯한 백룡문도들이 상천을 배웅하기 위해 기다리고 있었다.

그들을 바라보던 상천의 시선이 어느 한곳에 머물렀다.

그곳에는 함께 떠나려는 듯 채비를 마친 화룡과 낭호, 녹엽이 서 있었다.

상천은 작게 한숨을 쉰 뒤 그들이 있는 곳으로 향했다.

"화룡은 그렇다 쳐도 두 사람은 왜 이리 고집이오?"

"뭐, 좀이 쑤셔서……."

녹엽이 말을 얼버무리며 씨익 웃었다. 하지만 상천은 여전히 얼굴을 펴지 못했다.

적을 직접 상대해 본 입장에서 녹엽과 낭호의 실력으로는 그들을 상대하기 어려웠다. 상천 자신의 실력이 훨씬 더 뛰어나다면 모르겠지만 녹엽과 낭호까지 지켜주기는 어려웠다.

"가면 죽소."

"무림 어디를 가나 죽습니다."

낭호가 짧게 대답했다. 틀린 말은 아니지만 그래도 이건 아니었다.

"후우……."

몇 마디 말로 꺾을 수 없는 고집이라는 걸 알기에 상천은 한숨과 함께 고개를 저었다. 그러다가 화룡의 손에 시선이 닿았다.

그녀의 양손에는 각각 검이 하나씩 들려 있었다.

"그 검. 비호의 검이오?"

"네. 맞아요."

화룡의 대답에 고개를 끄덕인 상천이 그녀에게 물었다.

"비호의 검. 내가 써도 괜찮겠소?"

상천의 물음에 화룡이 잠시 그의 눈을 바라보다가 조용히 고개를 끄덕이며 검을 내밀었다.

"비호도 좋아할 거예요."

"고맙소."

비호의 검을 받아 든 상천은 장여진이 있는 쪽으로 시선을 돌렸다. 여전히 그녀의 표정은 밝지 않았다.

상천은 입가에 살짝 미소를 머금고 그녀에게 다가갔다.

"장 소저. 내가 장 소저를 처음 만났을 때 어떤 느낌을 받았는지 아시오?"

"무슨……."

상천의 물음에 장여진은 당황하며 고개를 저었다.

"장 소저는 여자지만 당당하고 거침없고 자신감이 넘치는 사람이었소. 의욕도 넘쳤고. 그것을 보며 대단하다고 생각했었지."

상천의 말에 장여진은 살짝 고개를 숙였다.

"그런데 언제부터인가 장 소저에게서 그런 모습을 찾아볼 수가 없었소. 물론 합산도문의 일로 많이 힘들었을 테니 이해가 안 가는 것은 아니지만 나는 장 소저가 다시 예전처럼 당당하고 자신감 있는 모습을 되찾았으면 하오. 이제는 어엿한 백룡문의 사람 아니오? 객식구가 아닌 진짜 식구."

상천의 말에 장여진은 가만히 고개를 끄덕이며 고개를 들었다.

"녹엽과 낭호가 따라 나서겠다고 저리 고집을 피우니 문파를 단도리할 사람은 장 소저와 여 소저뿐이오. 비록 제대로 문파의 체계가 갖춰지지는 않았지만 두 사람의 경험이라면 잘해낼 것이라 믿소."

"알겠습니다."

여소정이 고개를 끄덕이며 대답했다. 그녀의 대답에 만족스런 표정을 지은 상천은 마지막으로 공혜의 앞에 섰다.

"혜야. 표정 좀 풀어. 응?"

상천의 다정한 말투에 공혜는 금방이라도 울음을 터뜨릴 것 같은 표정을 지었다.

그런 그녀를 상천이 가만히 안아주었다.

"오라버니가 혜한테는 미안한 게 참 많아. 지금도 많이 미안하고. 이번에 갔다가 돌아오면 그때 제대로 사과할게. 그러니까 돌아올 때까지 잘 지내고 있어. 알겠지?"

"응."

공혜가 억지로 울음을 참으며 대답했다. 그런 그녀의 머리를 한 번 쓰다듬어 준 상천은 화룡과 녹엽, 낭호와 함께 정문 쪽으로 발걸음을 옮겼다.

"다녀올게."

그렇게 말한 상천이 세 사람과 함께 점차 백룡문에서 멀어
져 갔다.

그런 그들의 뒷모습을 바라보는 백룡문 사람들의 얼굴에
는 근심 걱정이 가득했다. 하지만 예전처럼 마냥 불안해하는
모습은 아니었다.

모두 무사히 돌아올 거라는 믿음이 담겨 있었다.

* * *

은남도문에 도착한 나군천은 가백현과 마주보고 앉아 있
었다.

사태가 심각하건만 가백현의 표정에서는 전혀 조급함이나
불안감을 찾아볼 수가 없었다. 그런 그의 모습이 나군천은 답
답하고 화가 났다.

'몸으로 느끼질 못하는 것인가, 아니면 자신감이 넘치는
것인가.'

나군천은 부디 후자이길 바라고 있었다. 비록 가백현의 자
신감 넘치는 모습이 마음에 들지 않을지라도.

"몸이 많이 상했군, 나문주."

"내가 이 정도인데 적들은 어땠을까."

나군천의 대답에 가백현이 작게 웃으며 찻잔을 들었다. 향 긋한 차향이 두 사람 사이의 싸늘한 기운을 상쇄하기라도 하 듯 은은하게 퍼지고 있었다.

"듣자 하니 백룡문주라는 자가 제법 큰 역할을 했다고 들 었는데. 보이지 않는 것 같군."

"어디 있는지 모르네. 적들을 유인한 것까지가 내가 아는 전부지."

"그렇다면 죽었는지 살았는지 모른다는 뜻이군. 아깝군. 젊은 인재가 그렇게……."

가백현의 말에 나군천이 인상을 찌푸리며 말했다.

"사람 목숨을 그렇게 단정 짓듯 말하면 안 되지. 멀쩡히 돌 아올 것이라 믿고 있네."

"허허. 그렇게 예민하게 받아들일 것까지야. 자네가 그리 도 강하게 믿을 정도라면 대단한 인물이긴 한 모양이군."

"경험만 쌓이면 나나 자네보다 나을지도."

나군천의 말에 가백현의 한쪽 눈썹이 움찔거렸다. 하지만 전체적으로 큰 표정의 변화는 없었다.

하지만 그런 작은 움직임을 놓치지 않은 나군천은 속으로 후련함을 느끼고 있었다.

"궁금하군. 정말 자네 말처럼 살아 돌아왔으면 좋겠네. 그 래야 나도 직접 한 번 볼 기회가 생기지."

그렇게 말하며 가백현이 단숨에 찻잔을 비웠다.

'가백현… 네놈의 그 기고만장한 모습도 얼마 가지 못할 것이다.'

나군천이 가백현의 모습에 속으로 생각하며 역시 찻잔을 비웠다.

반월도문의 잔여 병력이 은남도문에 도착한 지 닷새가 흘렀지만 군마성 쪽에서는 특별한 움직임을 보이지 않고 있었다. 얼마 전까지만 해도 거침없이 치고 나올 것 같은 기세를 보였지만 지금은 무슨 이유에서인지 잠잠했다.

하지만 그렇다고 해서 상황이 썩 좋은 것은 아니었다.

이런 상황이 길어질수록 심리적으로 쫓기는 쪽은 열세에 놓인 사도련 쪽이었다.

몸은 휴식을 취할 수 있지만 정신적으로 받는 피로도는 조금도 해소되지 않고 더욱 쌓여만 가고 있었다.

군마성이 은남도문을 치지 않는 이유는 두 가지였다.

첫 번째 이유는 세작으로부터 천중도문의 종무헌이 자리를 털고 일어났다는 첩보를 들었기 때문이었다.

종무헌이 의식을 잃고 쓰러진 상황이라면 천중도문은 쉽게 움직일 수 없었겠지만 그가 의식을 찾았다면 이야기는 달라질 수 있었다.

구심점이 있는 것과 없는 것의 차이.

그것은 언제든 먹을 수 있는 음식과 힘들게 먹어야만 하는 음식의 차이와 같았다.

두 번째 이유는 군마성주의 행보였다.

직접 은남도문과 부딪쳐야 하는 입장에 있는 군마성의 무인들 입장에서는 기세를 올려 치고나가는 것이 가장 이상적인 상황이었다.

하지만 군마성주는 무슨 이유에서인지 자신이 합류하기 전까지는 은남도문과의 충돌을 자제하라는 명을 내려놓은 상태였다.

게다가 어디쯤 왔는지 모르겠지만 합류도 늦어지고 있어 하염없이 기다릴 수밖에 없었다.

물론 그 점을 제외한다면 단 한 명이지만 군마성주의 합류는 그 어떤 최정예 부대의 합류보다 더 큰 위력을 발휘할 수 있었기에 더없이 좋은 일이라 할 수 있었다.

잠시 숨고르기에 들어간 군마성.

그렇게 며칠의 시간이라도 번 것이 사도련에게 득이 될지 독이 될지는 아무도 알 수 없었다.

*　　　*　　　*

종무헌은 철저히 장로들의 의견을 배재한 채 정사청과 의논하여 계획을 수립해 갔다. 문파의 자존심만 내세우기보다는 지금까지 들어온 정보를 바탕으로 냉정하게 적과 천중도문의 격차를 파악했다.

문주의 입장에서 자신들이 약하다는 것을 인정하는 것이 쉽지는 않겠지만 지금은 어쩔 수 없었다. 피해를 최소화하고 이길 수 있는 방법을 찾는 것이 우선이었다.

그 어느 때보다 냉정하고 신중하게 판단을 내리다 보니 늦은 밤까지 머리를 맞대고 있는 경우도 허다했다.

그렇게 며칠을 밤늦게까지 고민한 결과는 하나였다.

"정면으로 붙어서는 이길 확률이 전무합니다."

"후……."

정사청의 말에 종무헌이 깊은 한숨을 내쉬었다.

사도련 내에서 최고는 아니라지만 나름대로 자부심을 갖고 일궈온 천중도문이었다.

그런데 적과 싸워 이길 확률이 전무하다니.

"그런 적들과 싸워 살아남은 것이로군. 나문주는."

"그렇습니다."

종무헌의 말에 정사청이 짧게 대답했다. 비록 경쟁을 하는 사이이긴 하지만 나군천이라는 무인은 인정하지 않을 수 없었다.

"답은 기습밖에 없겠군."

"하지만 그것도 쉽지 않습니다. 내부에 세작이 있을 수 있고 현재 적들의 위치도 명확하지 않습니다."

"알아보는 데 얼마나 걸리겠나?"

"세작을 골라내는 것이라면……."

"아니. 적의 위치를 파악하는 데 얼마나 걸리겠냐는 말이다."

"그렇게 오래 걸리지는 않을 것입니다. 은남도문의 영역에 든 것은 확실하니까요."

"세작은?"

"시간이 좀 걸릴 듯합니다."

작심하고 숨어 있는 세작을 찾아내는 것은 결코 쉬운 일이 아니었다.

"지금이 몇 시지?"

"축시가 좀 지났습니다. 좀 쉬시겠습니까?"

"아니. 반 시진 내로 장로들을 전부 불러 모아. 그들의 실망스런 모습을 만회할 기회를 주겠어."

그렇게 말한 종무헌은 집무실을 나서 곧장 대전으로 향했다.

종무헌의 갑작스런 부름을 받은 장로들은 부랴부랴 대전

에 모였다. 자다 깬 장로들도 여럿 있는 듯했다.

"상황이 이런데 속편하게 잠은 오는 모양이군."

종무헌이 못마땅하다는 듯 장로들에게 한마디 던졌다. 이번에도 장로들은 별말 못하고 있었지만 못마땅하다는 기색이 역력했다.

"기분들 나쁜 모양이군. 좋아. 그럼 만회할 기회를 주지. 정확히 열두 시진 주겠다. 문파 내에 있는 모든 세작을 색출해 내도록. 마지막 기회가 될 것이다."

그렇게 말한 종무헌이 대전을 빠져나갔다.

잠시 후. 역시 대전을 나온 장로들이 분주하게 문파 내를 휘젓고 다니기 시작했다.

*　　*　　*

세상은 어지러운데 날씨는 화창하기만 했다.

녹음이 푸른 풍경을 뒤로하고 한가롭게 거니는 두 사람이 있었다.

"천중도문의 종무헌이 정신을 차렸다는구나."

뒷짐을 진 채 천천히 발걸음을 내딛으며 군마성주가 말했다. 그 뒤를 따르는 서기종은 그저 그의 이야기를 듣고만 있었다.

"꽃을 피우려 하니 날파리가 꼬이기 시작하는구나. 벌이 날아들어도 시원치 않을 판국에."

"곧 벌과 나비가 찾아들 것입니다."

"그렇겠지. 그래도 꼬이는 날파리는 쫓아야 하지 않겠느냐?"

그렇게 말한 군마성주가 발걸음을 멈추고 고개를 돌려 서기종을 바라보았다.

"가자꾸나. 날파리 쫓으러."

군마성주의 말에 서기종은 알 수 없는 표정으로 가만히 서 있었다.

*   *   *

하루가 지났다.

전날과 같은 시간이 다가오자 장로들이 하나둘씩 대전에 모이기 시작했다. 꼬박 하루 동안 종무헌의 명을 수행했기 때문인지 다들 지친 기색이 역력했다.

약속한 시간이 되고 대전으로 종무헌이 모습을 드러냈다.

전날과 마찬가지로 그의 얼굴에는 별다른 표정이 드러나지 않았다.

"다들 모였는가?"

"예!"

장로들이 큰 목소리로 대답했다. 그런 장로들을 물끄러미 바라보던 종무헌은 자신 없어 보이는 표정을 짓고 있는 오 장로에게 시선을 고정시켰다.

"오 장로."

"예."

"몇 명이나 찾았지?"

"죄송합니다. 찾지 못했습니다."

오 장로는 질책 들을 각오를 한 듯 고개를 숙이며 대답했다. 그러자 몇몇 장로가 술렁이는 모습을 보였다.

하지만 정작 종무헌은 오 장로의 대답에 질책은 하지 않고 작게 고개를 끄덕이며 다른 쪽으로 시선을 돌렸다.

"수석 장로는 어떻소?"

"죄송합니다."

수석 장로 역시 오 장로와 마찬가지로 고개를 숙였다. 그에 이번에는 종무헌의 눈썹이 한 번 움찔거렸다.

"육 장로는?"

"저도……."

"뭐라?"

종무헌의 목소리에 약간의 노기가 서리기 시작했다. 그러자 장로들의 얼굴에 긴장한 표정이 피어올랐다.

"그럼 세작을 잡아낸 장로가 있나?"

종무헌의 물음에 이 장로와 삼 장로가 앞으로 나섰다. 두 사람이 동시에 앞으로 나서자 종무헌이 눈을 빛내며 물었다.

"이 장로와 삼 장로는 각각 몇 명이나 잡아냈지?"

"전 세 명입니다."

"저도 세 명입니다."

이 장로와 삼 장로가 고개를 숙이며 각각 대답했다. 그러자 종무헌이 태사의에 기대어 앉아 두 사람을 내려다보았다.

"그렇단 말이지?"

"예."

이 장로가 자신에 찬 목소리로 대답했다. 그에 잠시 동안 두 사람을 내려다보던 종무헌이 자리에서 일어났다.

그리고는 뒷짐을 진 채 천천히 두 사람에게 다가갔다.

"대단하군. 어떻게 찾아냈지?"

종무헌의 물음에 두 장로는 바로 대답하지 못했다. 하지만 종무헌은 그들의 대답을 들을 생각이 없었는지 계속해서 말을 이었다.

"다른 장로들이 무능력한 것인지, 아니면 두 장로가 대단한 것인지 모르겠군."

그렇게 말하며 종무헌은 두 사람 주변을 천천히 걸었다. 그러다가 다시 이 장로와 삼 장로의 앞에 선 종무헌이 나직이 물었다.

"혹, 두 사람이 첩자는 아니겠지?"

"문주님, 그게 무슨……."

이 장로가 당황한 듯 입을 열었지만 끝까지 마무리 짓지 못했다. 어느새 종무헌이 그의 아혈을 제압한 탓이었다.

"삼 장로."

"네."

"내가 아까 물었을 텐데. 어떻게 찾아냈느냐고."

종무헌의 기세가 점차 살벌해지기 시작했다. 그러자 이 장로와 삼 장로뿐만 아니라 대전에 모인 모든 장로가 긴장하기 시작했다.

"수석 장로."

"예."

"그대는 얼마나 무능하기에 세작을 찾지 못했소?"

"그, 그것이……."

"대답하시오."

이 장로와 삼 장로에게 말할 때와 달리 종무헌은 수석 장로에게 조금 부드러워진 어투로 물었다.

"의심이 가는 사람은 있었으나 열두 시진이라는 짧은 시간 동안에는 확신할 수 없었기에 아무도 잡을 수 없었습니다."

"다른 장로들은?"

수석 장로의 대답을 들은 종무헌이 다른 장로들을 바라보며 물었다. 그러자 여기저기서 수석 장로와 비슷한 대답이 흘러나왔다.

"그것이 정상이다."

장로들의 대답을 들은 종무헌이 말했다. 그리고는 다시 이 장로와 삼 장로를 바라보며 말을 이었다.

"아무리 뛰어난 능력을 가진 자라도 마음먹고 신분을 속인 채 잠입한 세작을 무슨 수로 골라내겠는가? 열두 시진이라는 짧은 시간에."

종무헌의 말에 이 장로와 삼 장로의 얼굴이 딱딱하게 굳었다.

정사청의 머리에서인지 종무헌의 머리에서 나온 것인지는 모를 계책이 완벽히 속아 넘어간 두 사람이었다.

"그런데 이 두 사람은 각각 세 명의 세작을 골라내었다. 물론 그 여섯 명이 천중도문에 잠입해 있는 세작의 전부는 아니겠지."

그렇게 말한 종무헌이 이 장로와 삼 장로를 제압하며 무릎을 꿇렸다.

"장로들에게 진짜 마지막 기회를 주겠다. 두 사람에게 자백을 받아내 남은 세작을 처리하도록. 수단과 방법을 가리지 마라. 악마가 되어도 좋다. 체면, 명예, 도의 같은 것은 따지지 마라. 그런 것은 평화가 유지될 때에나 차리는 것이니."

그렇게 말한 종무헌이 대전을 빠져나갔다. 그리고 잠시 후. 나머지 장로들이 이 장로와 삼 장로를 둘러싸는 모습과 함께 대전의 문이 닫혔다.

날이 밝을 때까지 장로들의 손에 약 스무 명 정도의 세작이 더 목숨을 잃었다. 물론 천중도문이 큰 문파라고는 하지만 서른 명에 가까운 머릿수는 상당한 숫자였다.

게다가 장로들이 잡아낸 세작이 끝이라고 장담할 수도 없었다.

분명한 것은 굉장히 많은 수의 세작이 천중도문뿐만 아니라 사도련 전체에 잠입해 있었고 그 덕분에 군마성이 지금까지 비교적 쉽게 승기를 잡을 수 있었다는 사실이었다.

"이 정도면 대충 정리가 됐겠지."

종무헌이 대전 앞에 쌓인 시체들을 보며 중얼거렸다. 시체 더미 속에는 이 장로와 삼 장로로 변장한 세작의 시체도 섞여 있었다.

"나머지 장로들은 내부 단속에 만전을 기하도록 하고 수석 장로와 일 장로는 나와 함께 간다."

"어디를……."

수석 장로의 물음에 종무헌이 답답하다는 듯 수석 장로를 바라보았다.

"어디겠소? 은남도문이지."

그렇게 말한 종무헌이 자리를 벗어나며 말했다.

"반 시진 후에 채비를 마치고 정문으로 오도록."

며칠째 제대로 쉬지 못한 수석장로와 일 장로는 종무헌의
말에 한숨을 쉬면서도 서둘러 채비를 위해 처소로 향했다.

                    *   *   *

호남성 소양(邵陽)현은 비교적 평온했다.

약간의 긴장감은 감돌긴 했지만 아직 호남성에서는 군마
성의 직접적인 움직임이 없기 때문인 듯했다.

사람들은 여느 때처럼 농사를 짓고 물건을 사고팔며 일상
을 보내고 있었다.

시끄러운 시전의 한 객잔에 군마성주와 서기종이 마주 앉
아 식사를 하고 있었다. 두 사람의 정체를 알게 된다면 시전
은 난리가 나겠지만 그들의 정체를 모르는 지금은 그저 객잔
에서 식사하는 노인과 중년인일 뿐이었다.

"음식 맛이 좋구나."

군마성주가 만족스러운 듯 음식을 먹으며 말했다. 그 모습

을 서기종은 말없이 바라보았다.

지금 이 모습을 보고 있노라면 지금까지 사도련 내에서 벌어진 잔혹무도한 일의 주동자라는 생각은 조금도 들지 않았다.

그저 과거 자신을 아끼던 사부의 모습 그대로를 보는 것 같았다.

"왜, 음식이 입에 안 맞느냐?"

"아닙니다. 맛있습니다."

군마성주의 물음에 서기종이 고개를 저으며 음식을 입에 넣었다.

"아이야."

"네?"

음식을 먹던 군마성주가 지나가던 점소이를 불렀다.

"무슨 일이신가요?"

"여기서 며칠 묵을 예정이란다. 남는 방 있느냐?"

"아니요. 여기는 없어요. 이 근방에서 제일 유명한 집이거든요!"

아이가 해맑게 웃으며 대답했다. 그러자 군마성주가 인자한 미소를 지으며 아이의 머리를 한 번 쓰다듬었다.

"그럼 근처에 방이 있는 곳을 알아봐 줄 수 있겠느냐?"

"주인 아저씨가 혼내실 텐데……."

아이가 난처한 표정을 지었다. 이제 갓 열 살 정도 되어 보이는 아이가 그런 표정을 지으니 귀엽게만 보였다.

그 모습에 더 온화한 미소를 지은 군마성주가 품에서 당과 하나를 꺼내 건네며 말했다.

그러자 아이의 시선이 당과에 고정되었다.

"주인에게는 내가 일러둘 터이니 이 당과 받고 좀 알아봐 다오."

아이는 군마성주가 건네는 당과를 받아 들고 고개를 끄덕이고는 재빨리 품에 넣은 뒤 객잔 밖으로 뛰어 나갔다.

"야, 이놈아! 어디가!"

아이가 객잔 밖으로 뛰어나가자 그것을 본 객잔 주인이 버럭 소리를 지르며 따라 나가려 했다.

[주인장, 내가 심부름을 좀 보냈네.]

귓가에 들려온 목소리에 객잔 주인은 그 자리에 우뚝 멈춰 섰다. 전음이라는 것을 들어본 적은 있지만 직접 겪어본 것은 처음이라 당황스럽고 무섭기만 했다.

[방 좀 알아보라고 시켰으니 곧 올 걸세.]

군마성주의 전음에 객잔 주인은 고개 몇 차례 끄덕이고는 다시 원래 자리로 돌아가려 했다.

[아, 그리고. 괜히 돌아온 아이한테 뭐라 하지 마시게. 내가 귀가 좀 밝은 늙은이라네.]

협박 아닌 협박에 객잔 주인이 다시 고개를 끄덕이고는 서둘러 일하던 자리로 돌아갔다.

"허허허."

이 상황이 재미있다는 듯 군마성주가 소리 내어 웃고는 다시 음식을 먹기 시작했다.

군마성주는 소양현에 칠일을 머물렀다.

당장이라도 천중도문으로 향할 것 같던 그가 소양현에 계속 머물자 서기종은 의구심이 들었다. 하지만 뭔가 이유가 있을 것이라 생각하고 묻지 않았다.

칠일 째가 지나고 팔 일째 되는 날 아침.

군마성주와 서기종은 일찍부터 예의 그 객잔으로 향했다. 아직 이른 시간이라 객잔을 찾은 손님은 없었다.

간단하게 음식을 주문한 두 사람은 별 대화 없이 식사에 집중했다.

"기종아."

"예."

"아무 말 않고 있지만 궁금한 게 많을 게다."

"……."

군마성주의 말에 서기종은 이번에도 아무런 대답을 하지 않았다. 지금까지 군마성주의 그 어떤 이야기에도 큰 반응을 보이지 않았던 서기종이지만 이어진 군마성주의 이야기에는 큰 반응을 보일 수밖에 없었다.

"곧 이곳으로 종무헌이 올 것이다. 네가 맡도록 해라."

'종무헌을? 천중도문주를 내가?'

한 번도 생각해 본 적 없는 일이었다. 당연한 것이 사도련의 문주들은 자신과 다른 세상의 사람들이기 때문이었다.

그런데 그와 검을 겨룬다고?

서기종은 멍하니 군마성주를 바라보고 있을 뿐이었다.

"왜 그러느냐? 겁나느냐?"

"아, 아닙니다."

"겁도 나겠지. 그 전까지는 감히 쳐다볼 수 없는 존재 같았을 테니까. 하지만 궁금하지 않느냐? 지금의 네 실력이?"

군마성주의 물음에 서기종이 살짝 고개를 숙였다.

사실 다시 그를 만나고 군마성의 힘을 얻은 후 가장 궁금했던 것이 그것이었다.

과연 내 실력은 어느 정도인가?

절정에 올랐다는 상천을 뛰어넘을 정도일까?

사도련의 문주들과 견줄 정도까지 된 것일까?

아니면 너무 앞서가는 것일까?

수많은 생각들이 그의 머릿속을 복잡하게 만들고 있었다. 그 모든 궁금증을 해결할 수 있는 방법은 단 한 가지뿐이었다.

누구나 인정할 수 있는 실력을 가진 자와의 결전.

하지만 이렇게 빨리, 그것도 사도련의 일익인 천중도문의 종무헌과 대결을 하게 될 것이라고는 전혀 생각지 못했던 서기종이었다.

"생사결이다. 두렵지는 않느냐?"

군마성주의 물음에 서기종이 살짝 고개를 저었다. 실제로 그의 눈빛은 호승심으로 반짝이고 있었다.

죽음에 대한 두려움 따위는 없었다.

이미 과거 사부가 죽었다고 믿었던 그날, 어렵게 몸을 피했던 그날 자신은 죽은 것이나 다름없다 생각하고 살았기 때문이었다.

그리고 지금은 죽음에 대한 생각보다 자신의 실력을 가늠해 보고 싶다는 강한 욕구가 죽음에 대한 공포를 밀어내고 있었다.

"주인장."

"예!"

군마성주의 부름에 객잔 주인이 서둘러 달려왔다. 첫날의 그 일 이후로 객잔 주인은 군마성주의 말이라면 만사 제쳐놓고 달려왔다.

"무슨 일이십니까?"

"오늘은 하루 종일 손님 받지 말게."

"예?"

장사꾼에게 손님을 받지 말라니. 객잔 주인이 당황한 듯 군마성주를 바라보았다.

"마을 사람들에게도 괜히 밖에 돌아다니지 말라고 이르게."

"그게 무슨……."

객잔 주인이 도통 무슨 이야기인지 모르겠다는 표정을 짓자 군마성주가 옅은 미소를 지으며 말을 이었다.

"내 말 안 듣고 밖에 나돌아 다녔다가는 목숨을 부지하기 어려울지도 모르니 꼭 그리 하라 전하게나."

"예? 아, 예."

겁먹은 표정으로 대답한 객잔 주인이 머뭇거리다가 서둘러 객잔 밖으로 달려갔다.

그 모습에 군마성주가 더욱 진한, 그러면서도 서늘한 미소를 지었다.

＊　　　＊　　　＊

자정이 조금 지난 시간.

종무헌이 천중도문 전력의 구 할을 이끌고 소양현에 들어섰다.

은남도문까지 가는 길목 중 제법 큰 현에 속하는 곳이기에 무리해서 진격하기보다는 충분한 휴식을 취하고 가는 것이 낫겠다는 판단 때문이었다.

"이상하군."

소양현에 들어선 종무헌이 심상치 않은 기분을 느끼며 중얼거렸다. 그리고 그런 기분을 느낀 것은 그만이 아니었다.

"사람이 보이질 않는군요."

"기척은 느껴지지만 밖으로 나오질 않고 있소."

"적의 매복일까요?

수석장로의 물음에 종무헌이 고개를 저었다. 매복이라면 기척을 숨기는 것이 기본. 하지만 지금 느껴지는 인기척은 일반인이 아무 생각 없이 움직일 때 나는 것과 같았다.

"무슨 일인지 모르겠군."

그렇게 말한 종무헌은 긴장을 풀지 않은 채 천중도문의 무사들을 이끌고 다시 발걸음을 옮겼다.

하지만 얼마 가지 않아 종무헌은 다시 발걸음을 멈출 수밖에 없었다.

앞쪽에서 느껴지는 무거운 기운 때문이었다.

종무헌이 눈을 날카롭게 빛내며 정면을 응시했고, 오른쪽에 있던 객잔에서 두 사람이 모습을 드러냈다.

바로 군마성주와 서기종이었다.

"누구지?"

종무헌이 적대감을 가득 담아 물었다. 그러자 군마성주는 여유롭게 뒷짐을 진 채 말했다.

"딱 봐도 내가 어른일진대 말이 짧구나."

"딱 보니 적인데 말을 높일 이유가 있나."

"허허허!"

종무헌의 대답에 군마성주가 지금 상황이 재미있다는 듯 크게 웃었다. 잠시 후 군마성주가 웃음을 멈추고는 말했다.

"사도련의 버러지 네 명이 우물 안에서 왕 노릇을 하더니만 천하의 주인인 것처럼 기고만장하구나. 감히 내 앞에서."

군마성주가 천천히 기운을 끌어 올렸다. 기운을 살짝 내뿜었을 뿐인데도 엄청난 기도가 느껴지자 종무헌을 비롯한 천중도문의 무사들이 얼굴을 굳혔다.

"군마성주인가."

"그래, 내가 군마성주다."

그 말 한마디가 가져온 파장은 상당했다. 천중도문의 문도들이 동요하기 시작한 것이다.

종무헌마저도 미세하게 몸이 떨릴 정도였으니 다른 이들의 동요가 심한 것은 당연지사였다.

자신들의 앞을 막아섰을 때부터 짐작은 하고 있었지만 막상 그의 입에서 정체를 듣고 나니 종무헌은 심장이 쿵쾅거리는 것을 느꼈다.

'넘을 수 있을 것인가?'

이미 한 번 패한 적이 있는 종무헌이었다. '그자도 이기지 못했는데 과연 군마성주를 이길 수 있을 것인가?' 하는 의문이 머릿속에 떠올랐다.

"전투 준비!"

종무헌의 외침에 천중도문의 무사들이 일제히 도를 쥐었다. 소수를 상대로 다수가 밀어 붙이는 것이 내키는 일은 아니었지만 어쩔 수 없었다.

상대는 군마성주이기에.

그때, 서기종이 앞으로 한 걸음 나섰다.

"천중도문의 문주께서는 저와 한번 붙어보시지요."

서기종의 말에 종무헌의 눈썹이 움찔거렸다.

"그대는 누구지?"

"제자입니다."

서기종의 대답에 종무헌의 얼굴이 구겨졌다. 아무리 군마성의 힘이 강하다고는 하나 자신보다 어려 보이는 군마성주의 제자가 자신을 도발할 정도는 아니라고 생각했기 때문이다.

"만약 저를 이기신다면 천중도문이 가는 길을 막지 않겠습니다."

이어진 서기종의 말에 종무헌의 얼굴이 더욱 구겨졌다. 서기종은 진심으로 한 말이었지만 종무헌에게 그 말은 도발로 들릴 뿐이었다.

"좋다. 네놈을 죽이고 군마성주의 목도 쳐내겠다."

종무헌이 으르렁거리듯 말했다. 그러자 수석 장로가 걱정스런 표정으로 다가와 말했다.

"침착하셔야 합니다."

"알고 있다. 난 과오를 되풀이하는 머저리가 아니다."

그렇게 대답한 종무헌이 도를 쥐고 앞으로 나갔다.

"덤벼라."

종무헌의 말에 서기종은 침을 한 번 삼켰다. 꿈에도 그려본 적 없는 지금의 상황. 서기종은 조금씩 흥분되기 시작했다.

'빠르고 날카롭다. 제법 경험도 있는 것 같군. 그냥 애송이가 아니었어.'

종무헌이 서기종의 검을 피하며 속으로 중얼거렸다.

자신의 목숨을 거두려는 검이 눈앞에서 춤을 추고 있는데 그런 생각을 할 수 있다는 것은 서기종의 공격이 큰 위협이 되지 못하고 있다는 뜻이었다.

'가벼워.'

종무헌이 진기를 끌어 올렸다.

한껏 진기를 머금은 종무헌의 도가 묵직하게 허공을 갈랐다.

우웅!

그와 함께 서기종의 검이 진동했다. 그 역시 검에 잔뜩 진기를 불어 넣은 상태였다.

꽈릉!

검과 도가 아닌 서로의 진기가 충돌하며 우렁찬 비명을 질렀다. 손이 얼얼할 정도의 충격이 전해졌지만 두 사람 모두 자신의 병기를 놓치지는 않았다.

'제법이군.'

종무헌의 두 눈이 날카롭게 빛났다.

그와 동시에 묵직한 도를 사용하는 무인답지 않은 부드럽고 가벼운 보법이 펼쳐졌다.

'온다.'

서기종이 검을 고쳐 잡았다.

종무헌의 다리가 어지럽게 움직이며 자신을 향해 달려들고 있었다.

'현혹되지 말자. 어깨. 어깨를 본다.'

서기종은 종무헌의 다리가 아닌 어깨를 보았다.

거리가 지척에 이르렀건만 그의 어깨는 아직 움직일 기미가 없었다.

'지금!'

그렇게 생각하는 순간 종무헌의 어깨가 움직였고, 서기종은 재빨리 보법을 받으며 검을 뻗었다.

쩡!

"쳇!"

종무헌이 입맛을 다시며 다시 거리를 벌렸다.

나름 회심의 일격이라 생각했건만 서기종은 어렵게 그의 공격을 무마시켰다.

전체적인 싸움의 양상도 그러했다.

종무헌이 전체적인 흐름을 주도하고 있었고 서기종은 그 것을 받아내는 데 급급했다.

하지만 그렇다고 해서 일방적으로 서기종이 밀리는 양상 도 아니었다. 지금까지는 종무헌에게 유리한 상황이라 할 수 있었다.

'조금만 더.'

서기종은 무리하지 않았다.

버티면서 상대의 패를 읽어내는 데 주력했다. 종무헌이 수 많은 공격들이 파생된다지만 어쨌든 근간은 그가 익히고 있 는 도법에 있었다.

그것을 읽어낼 수 있다면 승기를 잡을 수 있을 것이라는 판 단이었다.

게다가 급한 쪽은 종무헌.

시간이 길어질수록 결국 유리한 쪽은 서기종이었다.

꽝!

종무헌의 공격이 더욱 묵직해졌다.

어지간한 힘으로는 그의 공격을 받아내기 어려울 정도였
다.

이번 공격도 막아내자 종무헌의 서기종의 속내를 읽을 수
있었다. 비록 죽을 고비를 넘겼다지만 그는 천중도문의 문주
이자 강호 무림에서 산전수전 다 겪은 무인이었다.

'버틴다 이거지? 그럼 더 이상 못 버티게 해주마.'

종무헌이 더욱 진기를 끌어올렸다.

진기를 머금은 종무헌의 도가 태산이라도 가를 듯 위력적
으로 꿈틀대기 시작했다.

'피해야 한다.'

서기종이 다급히 보법을 밟았다.

하지만 종무헌은 그를 놔줄 마음이 없었다.

종무헌이 신묘한 보법을 밟으며 서기종의 움직임을 따라
붙었다. 마치 그가 어떻게 움직일지 알고 있다는 듯 정확히
방향을 예측한 움직임이었다.

'끝이다, 이놈!'

끈질기게 따라붙은 끝에 서기종의 움직임을 잡아낸 종무
헌이 회심의 일격을 던졌다.

금방이라도 서기종의 몸이 반 토막 날 것 같은 상황.

하지만 서기종의 표정에는 조금의 변화도 없었다.

스륵.

마치 귀신의 움직임처럼 서기종의 몸이 흐릿하게 흩날렸다.

완벽하게 그의 그림자를 붙잡았다 생각했던 종무헌의 두 눈은 허무하게 허공을 가르는 도의 끝에 머물러 있을 뿐이었다.

'어디, 어디냐!'

하지만 종무헌의 생각은 더 이상 이어지지 못했다.

뜨끔 하는 느낌과 함께 고개를 살짝 숙인 종무헌은 자신의 목을 관통하여 앞으로 삐져나와 있는 검 끝을 볼 수 있었다.

서걱.

서기종이 검을 뽑음과 동시에 서기종의 목이 몸통과 분리되어 바닥에 나뒹굴었다.

작은 숨소리조차 들리지 않는 적막.

말 그대로 충격적인 상황이었다.

그 누구도 지금의 상황을 예측한 사람은 없었다. 마지막에 종무헌이 일격을 날릴 때에는 끝났다고 생각했다.

수석장로는 주먹을 불끈 쥐었으며 천중도문의 무사들은 하늘을 찌를 듯 사기가 올라 당장이라도 군마성주에게 달려들 준비를 하고 있었다.

하지만 단 한 사람.

군마성주만이 입가에 옅은 미소를 띤 채 가만히 서 있었다. 그의 미소는 마치 너무 일찍 축배를 드는 천중도문 무리를 향한 비웃음 같아 보였다.

그리고 다음 순간.

미처 제대로 보지 못한 순간에 종무헌의 목이 바닥에 떨어졌다.

충격에 휩싸인 천중도문의 무사들은 벌어진 입을 다물지 못했다. 문주가 죽은 상황. 그 누구도 지금의 상황을 제대로 인식하지 못했다.

군마성주는 대견하다는 듯 미소를 지으며 피가 떨어지는 검을 늘어뜨리고 서 있는 서기종에게 다가갔다.

그리고는 어깨를 다독이며 말했다.

"수고했다. 강해졌구나."

강해졌구나 라는 한마디를 듣는 순간 서기종은 온몸의 털이 삐쭉 서는 느낌을 받았다.

'강… 하다? 내가 이겼어?'

서기종 자신도 지금의 상황을 쉽게 인지하지 못했다.

군마성주의 말을 들은 후에야 조금씩 자신이 이겼다는 사실이 와 닿기 시작했다.

그런 서기종을 뒤로하고 군마성주가 천중도문의 무리를

향해 천천히 발걸음을 옮기며 말했다.

"단 한 놈도. 살아서 도망갈 생각은 하지 않는 게 좋을 것이다."

그의 서슬 퍼런 한마디에 천중도문 무리에는 죽음의 공포가 내려앉기 시작했다.

第六章

폭풍전야

斷月劍帝

처음 적들이 움직임을 보이지 않았을 때에는 의아함이 들었다. 그리고 얼마의 시간이 지나자 안도감과 함께 편안함을 느끼게 되었다.

그러나 그것도 잠시.

그 시간이 점차 길어지자 은남도문 입장에서는 점점 더 부담스럽고 불편할 수밖에 없었다.

언제 어디서 어떻게 공격이 이뤄질지 모르는 상황.

은남도문에서는 정보력을 총동원해 적들의 동태를 살핌과 동시에 언제든 전투를 치를 수 있는 최상의 상태를 유지하기 위해 애썼다.

하지만 사람이라는 동물은 참으로 간사하여 아무 일 없는 평범한 나날들이 지속되면 거기에 안주하게 마련.

은남도문이라고 다를 것이 없었다.

가백현이 자신의 처소에서 창밖으로 내다보고 있었다.

평소의 그답지 않게 얼굴은 딱딱하게 굳어 있었다. 반면 그의 처소를 찾아 찻잔을 기울이고 있는 나군천의 표정은 평온하기만 했다.

"이대로는 안 되겠어."

"가 문주답지 않군."

나군천의 말에 가백현이 인상을 찌푸리며 뒤를 돌아보았다. 그에 나군천이 미소를 지으며 말을 이었다.

"가백현 하면 언제나 여유만만하고 자신감 넘치는 사람 아니던가? 그런데 지금 보니 그 모습이 다 거짓이었나 싶군."

"헛소리."

가백현이 짧게 대답하고는 다시 창밖으로 시선을 돌렸다.

"도대체 지금 무엇을 고민하는지 모르겠군."

"무슨 소리지?"

가백현이 짜증 섞인 목소리로 물었다. 하지만 나군천은 동요하지 않고 말을 이었다.

"적이 움직이지 않으면 움직이게 만들면 되는 것 아닌가?"

"그걸 모르는 병신 같은 놈도 있던가?"

"그런데 왜 이러고 있는 거지?"

나군천의 물음에 가백현이 답답하다는 듯 그의 맞은편에 앉으며 말했다.

"저놈들은 우리가 정찰을 보내 일거수일투족을 감시하고 있다는 것도 다 알고 있어. 그런데도 꿈쩍을 않고 있는 거지. 도통 무슨 꿍꿍이인지……."

"하하하하!"

가백현의 대답에 나군천이 대소를 터뜨렸다. 그에 가백현은 화가 난 듯 인상을 구겼다.

"내가 알던 가백현은 죽었군. 우물 안에서나 내가 최고라고 외쳐댔지, 우물 밖의 존재 앞에서는 납작 엎드린 개구리에 불과했어."

"뭐라?"

가백현의 목소리가 가라앉았다. 하지만 나군천은 입을 다물지 않았다.

"생각해 봐. 정찰병이 기웃거린다고 해서 간지럽기나 하겠나? 저들이 움직이지 않는 건 당연한 일이지. 자네라면 그런 거에 눈 하나 깜짝 하겠는가?"

나군천의 물음에 가백현은 아무런 대답도 하지 않았다.

"상대의 반응을 이끌어내려면 좀 더 강하게 건드려야지."

"직접 부딪쳐 본 자네가 더 잘 알겠지. 적들은 강하다. 섣불리 달려들어서는 안 돼."

"잘 알지. 죽을 뻔했으니. 하지만 모든 공격이 정면 대결만 있는 것은 아니지 않은가?"

"무슨 생각을 하는지 알겠네만 그럴 순 없어."

"왜지?"

"전력을 보존해야 하는 판국에 잃을 수는 없다."

최후의 결전이 될지 모르는 상황에서 가백현이 내릴 수 있는 결정의 폭은 상당히 좁았다.

"내가 가겠다."

"자네가?"

"그래. 내가."

나군천의 말에 가백현은 그의 눈을 빤히 바라보았다. 가백현이 본 나군천의 눈은 이미 결심을 굳힌 모습이었다.

"살아남은 반월도문의 전력은 정예가 아닌 거로 아는데. 아, 물론 그렇다고 해서 그들을 폄하하는 건 아니네."

"안다. 하지만 그렇기 때문에 가능한 일이다."

나군천의 단호한 어투에 가백현은 더 이상 말을 잇지 못했다.

"어차피 반월도문 무사들을 데리고 일을 치르겠다는 얘기니 내가 반대할 이유도, 권한도 없겠지. 우리가 도울 일은?"

"우리가 나가면 문이나 굳게 걸어 잠그라고. 적들의 머릿수는 최대한 많이 줄여보겠다."

그렇게 말한 나군천이 자리에서 일어났다.

"설마 지금 가려는 건가?"

"물론. 이미 준비는 다 끝났네."

그렇게 말한 나군천이 가백현의 처소를 나서려다가 말고 서찰 한 장을 건네며 말했다.

"그리고 한 가지 더. 백룡문주가 오면 이 서찰을 전해주게."

"그가… 돌아올 거라 믿는가?"

가백현의 물음에 나군천이 피식 웃으며 답했다.

"물론."

*　　　*　　　*

종무헌이 죽었다는 충격적인 사건은 생각보다 소식이 빠르게 퍼져 나가지 않았다.

말도 안 되는 위력을 보인 군마성주의 손에 백 명이 넘는 천중도문의 정예 대부분이 목숨을 잃거나 심각한 부상을 입었기 때문이다. 물론 거기에는 종무헌을 이김으로써 자신감을 얻은 서기종의 역할도 한몫했다.

사실 서기종은 군마성주를 다시 만나 힘을 얻은 후에도 군마성과 자신이 함께한다는 사실과 백룡문에서 상천과 함께했던 시간 사이에서 고뇌하는 시간이 많았다.

과연 자신이 지금 이 순간 걷고 있는 길이 옳인 길인가에 대한 고민이었다.

하지만 그 모든 것은 종무헌을 쓰러뜨린 순간 사라져 버렸다.

죽은 줄 알았던 사부와 재회했으며 무인으로써 항상 꿈꿔오던 강한 힘을 얻었다.

그 모든 것들이 현재 자신이 걷고 있는 길이 옳고 그른지에 대한 판단력을 흐려놓았고 그저 조금 더 이 시간과 상황을 누리고 싶다는 강한 욕망을 키워놓았다.

군마성주와 서기종 두 사람의 손에 천중도문의 무인들이 모두 목숨을 잃고 그의 으름장에 마을 사람들 모두 이곳에서 있었던 일에 대해 함구함으로써 사도련의 일익이라던 종무헌은 그렇게 쓸쓸한 최후를 맞게 되었다.

*   *   *

상천과 화룡, 녹엽과 낭호는 백룡문을 떠난 지 열흘 만에 소양현에 도착했다.

네 사람은 마을에 도착했을 때부터 이상한 느낌을 받았지만 마을 사람들에게서는 낯선 사람들이 나타났을 때 보이는 반응 외에 특별한 점을 찾지 못했다.

"이상하군."

"그러게. 뭔가 일이 있었던 것 같은데."

낭호의 말에 녹엽이 주변을 두리번거리며 대답했다.

"일단 어디 가서 식사라도 합시다. 정오도 지났는데."

"그러자고."

상천의 말에 녹엽이 자진해서 앞장서 식사를 할 객잔을 찾기 시작했다.

잠시 후 네 사람이 찾아 들어간 객잔은 공교롭게도 며칠 전 군마성주와 서기종이 매일같이 식사를 하던 그곳이었다.

객잔 주인은 며칠 만에 또다시 검을 찬 무림인이 찾아오자 긴장한 기색이 역력한 표정으로 그들을 맞았다.

"무엇을 드릴까요?"

"교자하고 소면으로 준비해 주시오."

"네. 알겠습니다."

간단한 주문을 받은 객잔 주인이 서둘러 주방으로 들어갔다.

"확실히 이상하긴 하네요."

객잔에 들어오면서부터 주변을 살핀 화룡이 말했다. 그녀의 말처럼 객잔에 있는 사람들이 상천 일행을 힐끗힐끗 쳐다보고 있었다.

낯선 사람을 신기하게, 혹은 경계심을 담아 바라본다기보다는 마치 그들에게 겁을 먹고 눈치를 보는 것같이 느껴졌다.

"그러게. 음식이 나오거든 주인에게 몇 가지 좀 물어야겠소."

궁금하면 물어보면 될 일. 상천의 말에 네 사람은 크게 신경 쓰지 않고 이야기를 이어갔다.

"이곳에서 은남도문까지는 못해도 이십 일은 걸릴 겁니다. 잠을 줄여가며 속도를 높인다면 보름 정도로 단축시킬 수는 있겠지만 보름이면 무슨 사단이 나도 충분히 날 수 있는 시간입니다."

"지금까지도 저들이 움직이지 않고 가만히 있었으니 우리가 도착하기 전까지 이 상태가 지속되길 바라는 수밖에 없겠지."

네 사람의 힘이 얼마나 도움이 되겠느냐마는 작은 힘이나마 보탬이 되고자 달려가는 입장에서는 그전까지 아무 일도 일어나지 않기를 바라고 있었다.

현 상황에 대한 대화를 나누며 식사를 기다리는 사이 주문한 음식이 나왔다.

객잔 주인에게 이것저것 물어보려고 했지만 그는 서둘러 음식만 내려놓은 채 자리를 피했다.

"음?"

식사를 하려는 찰나, 한쪽 구석에서 불안한 눈빛으로 자신들을 슬쩍슬쩍 쳐다보고 있는 점소이가 화룡의 눈에 띄었다.

"저 아이한테 한번 물어볼까요?"

화룡의 말에 모두가 음식을 먹다 말고 그쪽으로 시선을 돌렸다.

상천 일행의 시선이 자신 쪽으로 향하자 점소이는 다급히 자리를 피했다.

"무슨 일이 있었던 건 확실한 것 같네요."

"우리를 보고 저리 불안해할 정도면 이곳에서 제법 큰 싸움이 있었던 것 같소."

"하지만 마을에서 어떤 흔적도 발견되지 않았어요."

화룡의 대답에 상천도 고개를 끄덕였다. 실제로 마을에 들어서면서 이상한 느낌은 있었지만 그 어떤 싸움의 흔적도 찾을 수 없었다.

당연한 것이 마을 사람들이 서둘러 그 흔적을 없앴기 때문이었다.

마을 사람들 입장에서는, 물론 군마성주의 으름장도 있었지만, 자신들에게 공포를 가져다 준 흔적을 서둘러 지우고 싶은 마음에 정리를 한 것이었다. 그것이 공교롭게도 군마성주의 행보를 도운 꼴이 되고 말았다.

"하지만 지금 이 시점에 이곳에서의 싸움은 아무런 의미가 없어요."

"그렇긴 하지만……."

화룡의 말에 녹엽이 뭔가 말을 이으려 했지만 이내 입을 다물었다. 그의 입장에서도 여러 가지 추측들만 머릿속에 난무할 뿐이기 때문이었다.

"무의미하지 않소."

잠시 뭔가 생각하던 상천이 화룡의 말에 반박하고 나섰다. 그에 세 사람은 상천의 말에 주목하기 시작했다.

"이것도 어디까지나 추측에 불과하지만… 만약 이곳에서 싸운 이들이 천중도문이라면?"

"하지만 천중도문은 문주가 쓰러진 상황이에요. 아직 회복했다는 소문도 돌지 않았고요."

"소문이라는 건 어디까지나 퍼져 나가야 하는 법이요. 세상 모든 일이 소문으로 번질 리도 없고. 만약 천중도문의 문주가 정신을 차렸고 은남도문으로 향하는 중이었다면?"

"이곳에서 싸움이 벌어졌을 수도 있겠군."

낭호가 상천의 말을 받았다. 그에 상천이 고개를 끄덕이며 말을 이었다.

"이곳은 귀주성과 광서성으로 이어지는 관도의 시작점이오. 반대로 말하면 광서성의 천중도문이 은남도문으로 향하려면 반드시 거쳐야 하는 지점이라는 뜻이지."

"그렇다면 적의 일부가 이곳에서 그들을 기다렸다는 뜻일까요?"

"그럴 가능성이 높다고 보오."

"하지만 나타날지 나타나지 않을지 모를 천중도문을 대비해 전력을 나눈다? 만약 그러다가 은남도문 쪽에서 대대적인 공격을 가한다면?"

녹엽이 이해할 수 없다는 듯 물었다. 하지만 이어진 상천의 어투는 단호했다.

"지금까지의 행보로 봐서는 저들이 은남도문을 상대하고도 남을 충분한 위력을 가졌으니 그럴 수 있다고 봅니다."

"그렇다면 이곳에서 일정 부분 피해를 입었다고는 하나 천중도문이 은남도문에 힘을 보태기 위해 가고 있을 수도 있겠군요."

화룡의 말에 상천이 진중한 얼굴로 답했다.

"부디 그러길 바라고 있소."

"그 말은 천중도문의 지원군이 은남도문에 당도하지 못할 수도 있다는 뜻인가요?"

"……."

상천은 그렇다 아니다 대답을 하지 않았다. 하지만 그의 대답을 기다리는 사람들 입장에서는 그 침묵이 긍정으로 들렸다.

"아무리 적이 강한 힘을 가지고 있다고는 하지만 그 일부가 천중도문을 이길 수 있을 거라고는 생각되지 않습니다."

낭호도 침착하게 자신의 의견을 피력했다. 하지만 상천의 생각은 그 이상으로 머물러 있었다.

"최악의 상황을 생각하지 않을 수 없겠지. 만약……."

"만약?"

녹엽이 말끝을 흐리는 상천을 재촉했다.

"군마성주가 있었다면?"

이어진 상천의 말에 다들 입을 다물고 있었다. 지금껏 한 번도 모습을 드러내지 않았던 군마성주.

만약 그가 나타났다면 확률은 상천이 한 말이 실현됐을 가능성은 배 이상으로 뛰었다.

"지금까지 한 번도 나타나지 않았던 군마성주가 설마……."

아닐 거라 믿고 싶은 것인지 진짜 믿고 있는 것인지 모를 말을 내뱉었다.

"나라면 모습을 드러냈을 것이오. 저들의 목적은 중원이고

은남도문은 중원으로 향하는 교두보나 다름이 없소. 구파일
방과 오대세가도 사도련을 인정해 주는 입장인데 그런 사도
련을 장악하고 거점을 마련한다는 것은 중원 진출의 시작이
라 할 수 있을 것이고. 그런 중요한 순간에 군마성주가 함께
하지 않을 이유도 없겠지."

　상천의 말은 설득력이 있었다. 다시 모습을 드러낸 군마성
의 위력은 널리 퍼진 상태. 그들을 이끌고 있는 군마성의 성
주라면 그 실력을 짐작하기도 어려웠다.

　그렇게 서로의 추측을 가지고 토론을 하는 사이 주문한 음
식은 모두 식어 있었다. 하지만 먹어야 하기에 꾸역꾸역 입에
밀어 넣은 네 사람은 잠시 몸을 쉬게 할 객잔으로 자리를 옮
겼다.

*　　　*　　　*

　단단히 채비를 마친 나군천은 날이 아직 어두워지지 않았
음에도 수하들을 이끌고 은남도문을 나섰다.

　기습 작전을 펼치려는 입장에서는 날이 어두운 것이 훨씬
유리한 것은 당연한 사실이지만 어차피 적들도 은남도문의
움직임을 예의 살피고 있는 상황인 만큼 밤에 출진하나 낮에
출진하나 큰 차이는 없다는 것이 나군천의 생각이었다.

나군천은 서두르지 않았다.

수하들을 데리고 천천히 적진을 향해 가고 있었다.

어차피 은남도문을 나서는 순간부터 자신들의 행보는 적들의 귀에 모두 들어가고 있을 터.

서두를 이유가 없었다.

다만 중요한 것은 어느 시점에 어떻게 공격을 가해야 효율적으로 적에게 피해를 줄 수 있는가 하는 부분이었다.

느긋했지만 나군천의 머리는 굉장히 복잡하고 빠르게 돌아가고 있었다.

나군천과 반월도문 무사들을 은남도문 밖으로 내보낸 가백현은 마음이 편치 않았다.

어둠이 내려앉기 시작한 창밖을 내다보는 가백현의 얼굴에 그런 마음이 고스란히 드러나고 있었다.

비록 나군천과 사이가 좋은 편은 아니었다 하나 선의의 경쟁을 펼쳐온 입장에서 혼자 사지로 내몬 것 같았기 때문이었다.

자신의 처소에서 잠시 동안 골똘히 생각에 잠겼던 가백현이 무언가 결심한 듯 밖으로 나갔다.

드넓은 대전에 단 두 사람만 있었다.

한 사람은 가백현이었고, 다른 한 사람은 풍신현이었다. 평소와 달리 풍신현은 가벼운 무복 차림을 하고 있었다.

"다들 준비는 됐나?"

"물론입니다."

풍신현이 가벼운 미소와 함께 대답했다. 어딘지 모르게 자신감이 넘치는 그였다.

"전면에 나서서는 안 된다. 최대한 은밀하게. 반월도문의 숨통을 틔워주는 역할이다."

"그 정도로 괜찮겠습니까?"

"충분하다."

비록 문파를 뒤로하고 피신해 온 패장이라고는 하지만 가백현은 나군천을 믿었다. 문주로서도 그렇고 무인으로서도 나군천은 나무랄 곳 없는 인물이었다.

그런 인물이 두 번의 실패는 용납할 리 없었다.

"어둠이 내려앉을 시간이다. 출진하라."

"네!"

힘차게 대답한 풍신현이 가볍게 고개를 숙이며 포권을 취한 후 대전을 벗어났다.

풍신현이 비밀호위대 대원들을 이끌고 은밀히 은남도문을 나선 시간.

나군천은 수하들을 데리고 적진과 멀지 않은 곳에 몸을 숨기고 있었다.

"달빛이 밝군."

나군천이 인상을 찌푸리며 중얼거렸다.

은밀하게 일을 처리해야 하는 입장에서 달빛이 밝은 것은 치명적인 장애가 될 수 있었다.

"어쩔 수 없지."

달이 밝은 것은 인력(人力)으로 어떻게 할 수 없는 노릇. 나군천은 동요하지 않고 턱 밑으로 내려놓았던 복면을 눈 밑까지 치켜올렸다.

"가자. 한 놈이라도 더 죽이고 가는 거다."

그 말에 반월도문 무사들도 복면을 쓰며 고개를 끄덕였다.

모두 복면을 착용한 것을 확인한 나군천이 선두에 서서 움직였다.

"죽기 좋은 날이군."

앞서 달리며 나군천이 중얼거렸다.

같은 시간.

풍신현과 가백현의 비밀호위대는 나군천과는 반대 지점에 있었다. 역시나 검은 무복을 입고 복면으로 얼굴을 가린 그들에게서는 나군천에게서는 느낄 수 없는 여유가 느껴졌다.

"달이 밝군."

풍신현도 너무나 밝은 달에 인상을 찌푸리며 중얼거렸다.

"반월도문은?"

"움직인 듯합니다."

"그래? 그럼 우리도 슬슬 활동 개시해야겠지. 다들 준비됐나?"

풍신현의 물음에 대원들은 대답 대신 눈빛을 빛냈다.

"은밀하고 빠르게. 그리고……."

잠시 말끝을 흐린 풍신현이 날카롭게 눈을 빛내며 말을 이었다.

"잔인하게 간다."

파밧!

그 말과 함께 풍신현과 대원들이 땅을 박찼다.

서걱! 서걱!

"큭!"

"컥!"

"허억!"

나군천과 반월도문 무사들은 말없이 앞으로 달려 나가며 닥치는 대로 적들을 베어 넘겼다.

그들이 은남도문을 빠져 나온 것도 알고 있었고 야습을 하기에는 달이 밝다는 점이 군마성 진영에 약간의 방심을 가져왔고 나군천이 그 틈을 제대로 파고들어 제법 효과를 보고 있었다.

아직 대주급 이상의 무인들은 나서지 않은 상황.

그들이 나타나 앞길을 막기 전에 한 명이라도 더 머릿수를 줄이는 것이 목적이었다.

'이상하군.'

적들을 향해 도를 휘두르면서도 나군천은 이상함을 느끼고 있었다.

아무리 야습이라고는 하지만 급습한 지 일각의 시간이 흐르고 있었다. 순식간에 적진은 혼란에 빠졌고 이 정도 혼란이라면 대주급 이상의 무인들이 나타나 전열을 정비해야 했다.

헌데 군마성 무인 스무 명 이상이 쓰러진 상황에서도 그들 중 한 명도 모습을 드러내지 않고 있었다.

'위험해.'

나군천은 직감적으로 위험을 감지했다.

도를 휘두르던 자리에 멈춰 선 나군천은 주위를 둘러보았다.

그와 함께 온 반월도문의 무사들은 지난 패배로 인한 분노와 지금 상황의 승리에 도취되어 점점 더 적진 깊숙이 들어가고 있었다.

'함정일 수 있다.'

"모두 빠져나간다!"

자신을 향해 달려드는 군마성 무사를 향해 도를 휘두르며 나군천이 수하들을 향해 소리쳤다.

나군천은 지금 이 상황이 함정일 가능성이 높다고 생각했다. 어느 정도 피해를 감수하고서라도 자신들을 적진 깊숙이 몰아넣는다면 한 번에 몰살당할 수 있었다.

군마성은 충분히 그 정도 힘이 있었다.

하지만 정작 그들 앞에 대주급 이상의 실력자들이 나타나지 않은 데에는 다른 이유가 있었다.

바로 풍신현을 중심으로 한 비밀호위대 때문이었다.

은밀하게 적진에 파고든 그들은 나군천과 반월도문 무사들의 움직임에 호흡을 맞추며 뒤에서 그들이 수월하게 움직일 수 있도록 도움을 주고 있었다.

기습이 시작되고 얼마 지나지 않아 대주급 이상이 움직였지만 그들의 앞을 막아선 것은 풍신현과 비밀호위대였다.

그 덕분에 나군천과 반월도문 무사들은 생각보다 손쉽게 제법 많은 숫자의 적을 도륙할 수 있었다.

그것을 모르는 나군천은 함정일지도 모른다는 생각에 후퇴를 명령한 것이었다.

나군천의 명령에 반월도문 무사들은 아쉬움을 삼킨 채 빠르게 흩어지며 적진에서 빠져나왔다.

우드득!

풍신현의 양손이 군마성 대주 한 명의 목을 비틀어 꺾었다.
비명도 지르지 못한 채 뒤에서 당한 기습에 목숨을 잃었다.

[대주님, 반월도문이 후퇴했습니다.]

그때 들려온 수하의 전음에 풍신현이 고개를 한 차례 갸웃
거렸다.

"이 정도 지원을 해주었으면 좀 더 많은 적들을 칠 줄 알았
는데… 나 문주. 신중한 사람이군."

그렇게 중얼거린 풍신현이 무복에 묻은 핏물을 살짝 털어
내고는 복면을 벗었다.

"역시 이런 건 쓸 게 못 되는군. 갑갑해."

벗은 복면을 움켜 쥔 풍신현이 낮은 목소리로 말했다.

"돌아간다."

그와 동시에 풍신현의 신형이 그 자리에서 연기가 흩어지
듯 사라졌다.

*   *   *

"다녀왔습니다."

"오래 걸리진 않았군."

자지 않고 기다리고 있던 가백현은 돌아와 인사하는 풍신현을 한 번 훑어보았다. 겉으로 보기에는 크게 다치거나 하진 않은 듯했다.

"어렵진 않았습니다."

"후후."

풍신현의 대답에 가백현이 실소를 흘렸다. 사도련을 초토화시키고 은남도문 앞에 버티고 서 있는 군마성을 상대로 저런 말을 할 수 있는 사람이 누가 있겠는가.

하지만 가백현 입장에서 풍신현의 그런 배포와 자신감이 이해가 안 가는 건 아니었다.

은남도문 내에서 풍신현이 비밀호위대 대주라는 것을 아무도 모르는 것에서 알 수 있듯 자신의 기척을 감추고 은밀하게 움직이는 데에는 가히 최고라 할 수 있었다.

그런 그의 능력이라면 충분히 짧은 시간의 기습은 어렵지 않게 해낼 수 있었을 것이라 생각했다.

"나 문주는?"

"적당히 치고 빠졌습니다."

"그래?"

"예. 좀 더 칠 줄 알았는데 중간에 빠졌습니다. 덕분에 오랜만의 여흥을 놓쳤습니다."

오랜만의 전투라 미처 흥분을 가라앉히지 못한 풍신현의 모습에 가백현은 가볍게 웃기만 할 뿐이었다.

"고생했을 테니 가서 쉬게. 여흥은… 조만간 지겹게 느끼게 될 테니."

"알겠습니다."

풍신현이 돌아가고 나서도 가백현은 한참이 지나고 나서야 잠자리에 들었다.

*　　　*　　　*

동이 텄다.

일각이 조금 넘는 시간 동안 군마성이 입은 피해는 약 마흔 명 정도였다.

전체 전력에 비하면 크지 않은 숫자일 수 있었지만 생각보다 큰 타격을 입은 상태였다.

거기에는 풍신현과 비밀수호대의 역할이 컸다.

그들의 손에 목숨을 잃은 대주급 이상 고수의 숫자만 다섯 명이었다. 만약 풍신현과 비밀수호대가 나군천과 같은 목적으로 적진에 뛰어들었다면 더 많은 숫자가 목숨을 잃었을지도 모를 일이었다.

물리적인 타격도 생각보다 컸지만 정신적인 부분에서의

타격이 더 컸다.

첫 번째 이유는 야습을 할 것이라는 사실을 알고 있었음에
도 불구하고 이 정도 피해를 입었다는 점 때문이고, 두 번째
이유는 나군천과 반월도문이 은남도문을 빠져나온 것은 알고
있었지만 풍신현과 비밀호위대의 행보는 전혀 몰랐기 때문이
었다. 세 번째 이유는 그럼에도 아직까지 군마성에서는 풍신
현과 비밀호위대의 정체를 정확히 파악하지 못하고 있었다.
그저 은남도문의 부대라는 것으로만 알고 있을 뿐이었다.

그렇게 군마성 진영이 약간의 혼란에 빠져 있던 그때, 뒤늦
게 반월도문의 비밀통로에서 빠져나온 귀령대주를 비롯한 군
마성의 나머지 병력이 합류했다.

좀 더 빨리 합류할 수도 있었지만 비밀통로 안에서의 전투
로 귀령대주는 물론이고 많은 이들이 크고 작은 부상을 입은
상태였기에 합류가 늦을 수밖에 없었다.

게다가 수석장로는 나군천의 도에 목숨까지 잃은 상황이
었기에 더욱 그러했다.

본진에 합류해 간밤의 야습 소식을 들은 귀령대주는 분노
와 함께 짙은 아쉬움을 드러냈다.

조금만 더 빨랐으면 이런 일을 겪지 않았을 것이라는 아쉬
움과 군마성이라는 이름을 걸고 있음에도 야습에 이 정도 피
해를 입었다는 사실에서 오는 분노였다.

하지만 그런 분노와 아쉬움에 오래 잡혀 있을 시간이 없었다.

군마성주가 오고 있는 상황.

그가 도착하기 전까지 사태를 수습하고 분위기를 다잡아 놓는 것이 가장 시급한 일이었다.

아직 몸이 완전히 회복되지 않은 귀령대주는 그럼에도 불구하고 본진에 합류하자마자 이곳저곳을 돌아다니며 사태 수습에 심혈을 기울이기 시작했다.

아무리 군마성주라 하여도 천중도문의 정예를 상대하는
일은 쉬운 일이 아니었다. 물론 그의 몸에 난 상처들은 고작
생채기 수준에 불과했지만 만약 서기종이 곁에서 거들지 않
았다면 버거웠을 것이었다.

그 덕에 사도련은 최악으로 치달을지 모를 상황을 조금이
나마 미룰 수 있었다.

한편, 군마성주가 나섰을 것으로 추측한 상천 일행은 은남
도문으로 향하는 속도를 높였다. 비록 추측에 불과한 일이지
만 적어도 가능성을 알려 대비를 하는 것과 아무 대비도 하지

못하는 것은 큰 차이가 있었다.

운이 좋아 군마성주의 존재를 눈으로 확인한다면 더할 나위 없이 좋겠지만 그렇게 되면 오히려 목숨이 위험해질 수도 있었다.

어쨌든 지금은 아무 생각 하지 않고 은남도문에 도착하는 것이 우선이었다. 상천 일행은 부지런히 발걸음을 재촉했다.

*　　　*　　　*

단 한 번의 기습 작전이 군마성에 큰 피해를 입히지는 못했다. 그리고 그들의 긴장감과 경계심을 높여주는 역할을 했다. 이것은 분명 사도련에게 좋은 상황은 아니었다.

하지만 긍정적으로 작용한 부분도 분명 있었다.

적어도 적들에 대한 공포심을 줄이고 이길 수 있을 것이라는 자신감을 올리는 계기를 마련한 것이다.

물론 그렇다 하여도 전면전이 벌어지면 승리를 장담할 수는 없는 상황인 것은 분명했다. 게다가 군마성주가 합류하기 위해 발걸음을 재촉하고 있다는 변수도 존재하고 있었다.

하지만 진정한 변수는 존재 자체를 알고 있는 군마성주가 아닌 아직 존재가 드러나지 않은 서기종이었다.

종무헌을 쓰러뜨린 서기종의 힘.

비록 그가 사도련의 문주들 중 가장 떨어지는 실력을 가진 이라고는 하지만 일문의 문주를 이길 정도의 경지라면 단순한 변수가 아니라 이 싸움의 승패를 좌우할 결정적인 변수가 될 수 있었다.

군마성주와 동행하고 있는 서기종은 점차 조급한 마음이 들기 시작했다.

자신의 실력이 어느 정도인지 직접 몸으로 확인했기 때문인지 서둘러 군마성 진영에 합류하고 싶은 마음이 커져만 갔다.

그곳은 전장. 그리고 상대는 사도련의 최고라는 은남도문.

좀 더 강한 상대를 갈구하는 마음이 서기종으로 하여금 더딘 속도를 못 견디게 만들고 있었다.

그것을 눈치챈 군마성주가 옅은 미소를 지으며 물었다.

"조급한 게냐?"

최대한 겉으로 내색하지 않고 있던 서기종은 단번에 군마성주가 자신의 마음을 읽어내자 부끄러운 마음이 들었다.

"조급하겠지. 강한 힘을 맛본 이가 계속해서 그것을 확인하고 싶어 하는 것은 지극히 당연한 현상이다. 하지만 그것에 너무 빠지면 되레 독이 되는 법. 힘에 취하는 걸 항상 경계해야 하느니라."

"명심하겠습니다."

"그래. 내 제자이니 잘하리라 믿는다."

군마성주의 목소리에는 서기종에 대한 굳은 믿음이 묻어 있었다. 서기종 역시 그 믿음에 부합하겠다고 다짐했다.

하지만 사람의 마음은 굉장히 간사한 법.

본인도 모르는 사이에 마음 한구석에서는 지난 세월 그가 겪었던 것들과 맞물려 힘에 대한 갈망이 스멀스멀 올라오고 있었다.

말은 그리 했지만 군마성주는 서기종의 마음을 헤아려 속도를 조금 높였다. 말이 조금이지 여느 무림인들이 이동하는 속도보다 더 빠른 속도로 이동하고 있었다.

그 말은 애초 예정보다 군마성주가 은남도문에 더 일찍 도착할 것이라는 뜻이고, 사도련의 운명을 가를 싸움이 머지않았다는 뜻이기도 했다.

*   *   *

사기가 오른 은남도문은 전투 준비에 한창이었다.

아직 군마성 진영에서는 별다른 움직임이 없었지만 다들 직감적으로 곧 전투가 벌어질 것이라는 걸 느끼고 있었다.

지금 당장이라도 저들과 도를 섞을 수 있을 정도로 준비가

된 은남도문 무인들은 가백현의 명이 떨어지기만 기다리고 있었다.

무인들의 그런 마음을 가백현이라고 모르지 않았다.

직접 보지 않고도, 대화를 나눠보지 않고도 그들의 기백만으로도 알 수 있었다.

집무실에서 창밖을 내려다보던 가백현은 조용히 서 있는 풍신현에게 물었다.

"지금이 적기 아닐까?"

"적기라 할 수 있지요. 조금 더 늦으면 힘들어질지도 모릅니다."

"그렇겠지. 저들이 전열을 재정비하면 그만큼 견고해질 테니."

"그렇습니다."

풍신현의 대답에 가만히 고개를 끄덕인 가백현이 입을 열었다.

"나 문주 좀 불러주게."

가백현과 나군천은 진지한 표정으로 마주보고 앉아 있었다. 중요한 전투를 앞둔 만큼 두 사람에게서는 그간의 감정 같은 것은 찾아볼 수 없었다.

"저들이 진을 치고 있는 곳은 근처에 몸을 숨길 곳이 많지 않아. 활용할 수 있는 지리적 이점이 없다고 봐야겠지."

"어차피 전면전이다. 초반 기세 싸움에서 밀리지 않는 것이 관건이겠지."

나군천의 말에 가백현이 고개를 끄덕였다.

"좀 더 틈을 만들 수 없을까?"

"음……."

가백현의 물음에 나군천이 살짝 인상을 찌푸렸다. 그가 하는 말의 의도를 알아차렸기 때문이다.

"처음은 처음이니까 성공할 수 있었던 것이고. 지금은 턱도 없을 거다."

"확실히 성공 확률이 줄어들긴 했겠지. 하지만……."

"하지만?"

"양동작전을 쓰면 좀 더 수월할 것 같은데."

"우리가 인원을 두 개 조로 나눌 수 있는 정도가 아닌 건 잘 알고 있을 텐데."

나군천이 불편한 기색을 숨기지 않았다. 그에 가백현이 옅은 미소를 띤 채 손가락을 한 차례 튕겼다.

그러자 집무실 문이 열리며 풍신현이 모습을 드러냈다. 평소와 달리 무복을 입고 있는 그의 모습에 나군천은 어리둥절한 표정을 지었다.

"낯설겠지. 후후."

그런 나군천의 표정이 재미있다는 듯 가백현이 웃음을 흘렸다.

"은남도문의 군사가 고강한 무공을 지녔다는 이야기는 들어본 적이 없는데."

"당연하지. 은남도문 내에서도 아는 사람은 나 한 명인데."

"허허."

나군천이 허탈하다는 듯 웃었다. 왠지 모르게 속은 기분이었다.

"풍신현은 은남도문의 군사이자 비밀호위대의 대주이기도 하지. 이 정도면 양동작전을 펼치기에 적절하지 않겠나?"

"충분하겠지."

나군천이 곧바로 대답했다. 나군천은 지금껏 한 번도 풍신현이 무공을 익혔다는 사실을 눈치채지 못했다. 정확히 말하자면 겨우 일류급에 도달한 수준에 불과할 것이라 생각했다.

그런데 그것이 전부 다 반월도문의 문주인 자신의 눈을 속인 채 실력을 감추고 있었던 것이라면 도움이 되고도 남을 것이 분명했다.

"좋아. 오늘 바로 시작하지. 시간은… 해시 초가 좋겠군."

"굳이 밤일 필요가 있을까? 어차피 이제는 밤에 가나 낮에 가나 기습이 성립이 안 될 텐데. 반월도문과 비밀호위대는 양쪽에서 적들의 시선을 끌어 정면으로 치고 들어갈 본진의 숨통을 틔워주기만 하면 돼. 그런 다음 양쪽 다 본진에 합류하고."

가백현의 말처럼 이제 기습이라는 것은 통하지 않을 것이 분명했다. 그만큼 은남도문을 지켜보는 눈도 더 강화했을 것이고 기습에 대한 대비도 철저히 하고 있을 것이었다.

그렇다면 굳이 야간에 전투를 치를 필요는 없었다.

"그럼 준비를 마치고 내일 정오에 움직이는 것으로 하지."

나군천의 말에 가백현과 풍신현이 고개를 끄덕였다.

출정이 결정되고 나군천은 반월도문 무인들을 한자리에 불러 모았다.

반월도문이 온전할 때에는 워낙 인원이 많으니 모든 무사를 한자리에 불러 모은다는 것은 꿈에도 생각하지 못할 일이었다.

하지만 지금은 적당한 공간만 있으면 모두가 한자리에 모일 수 있을 정도로 인원이 줄은 상태였다.

머릿수는 적지만 그들 한 명, 한 명은 결코 무시할 수 없는 존재였다.

반월도문이 자리 잡고 사도련의 일익으로 성장한 이후 가장 큰 위기를 겪고도 지금까지 살아남은, 운과 실력을 두루 겸비한 무인들이었다.

"곧 끝장을 보러 가게 될 거다."

반월도문 무인들을 앞에 앉혀 놓고 나군천이 낮은 목소리로 말했다. 감히 문주 앞에서 앉아 있는 건 상상도 못할 일이었지만 이번 일을 겪으면서 나군천과 무인들 사이에 있던 높은 벽도 많이 허물어진 상태였다.

끝장을 보러 갈 것이라는 나군천의 말에 반월도문 무인들의 기세가 높아지기 시작했다.

"여러 차례 부딪치고 살아남았으니 저놈들에 대한 두려움 따위는 없을 거라 생각한다."

"물론입니다!"

무인 한 명이 우렁차게 대답했다. 그에 옅은 미소를 지은 나군천이 계속해서 말을 이었다.

"우리는 지금까지 수많은 동료를 잃었다. 그리고 이번 싸움이 끝나면 지금 옆에 앉아 있는 동료를 또다시 잃을 수도 있다. 그것이 얼마나 슬픈 일인지 다들 뼈저리게 알고 있으리라 생각한다."

순식간에 분위기가 엄숙해졌다. 그 고통과 슬픔을 겪으며 지금까지 온 그들이기에 더욱 그랬다.

"그 슬픔을 또다시 겪지 않으려면. 아니, 최소화하려면 죽기 살기로 도를 휘둘러라. 나 하나가 일당백의 기백을 발휘한다면 가능할 것이다."

"예!"

나군천의 말에 반월도문 무인들이 기세 충만한 목소리로
대답했다.

"가자!"

나군천을 선두로 반월도문 무인들이 출진했다.

그 시각 풍신현도 비밀 호위대 무인들과 함께 출진했다. 상
대적으로 여유가 있었지만 그렇다고 자만심이 보이거나 하지
는 않는 모습이었다.

그들도 적이 얼마나 강한지 알고 있었으며 한순간의 방심
과 자만이 얼마나 큰 화를 불러오는지 잘 알고 있었다.

가백현을 은밀히 호위하는 그들이라면 실력은 물론이고
어느 상황에서도 선을 넘지 않는 정신력 또한 그 누구보다 뛰
어나야 하며 어려서부터 그렇게 성장해 온 존재들이었다.

서로 다른 분위기의 두 무리가 같은 목표를 가지고 은남도
문을 나섰다.

*   *   *

반월도문과 비밀호위대의 출진 소식은 곧장 귀령대주의
귀에도 전달되었다.

그들의 머릿수를 보고받은 귀령대주는 찝찝한 기분을 지울 수가 없었다.

나군천과 풍신현이 이끄는 그들의 실력을 무시하고 있지는 않았다. 하지만 백주대낮에 적은 숫자의 병력만 출진했다는 사실이 의심스러웠다.

'뭔가 더 있겠지.'

귀령대주는 조심스러웠다. 하지만 자신들의 우위에 있다는 것은 의심할 수 없는 절대적 사실.

"다들 준비하라. 적이다."

귀령대주의 명령에 군마성 진영이 분주해지기 시작했다.

반월도문과 비밀호위대가 출진하고 반 시진 정도가 지난 시각. 은남도문의 거대한 정문이 요란한 소리를 내며 다시 열렸다.

문이 열리고 가장 먼저 모습을 드러낸 사람은 가백현이었다.

군마성의 사도련 침공이 시작되고 처음으로 전투에 나서는 그의 모습에서는 비장함과 함께 약간의 흥분마저 보이고 있었다.

"공기가 다르군."

가백현이 옅은 미소를 지은 채 중얼거렸다.

매일 은남도문 안에서만 지내다가 피비린내가 진동하는

공기를 마시니 온몸의 신경이 살아나는 것 같았다.

문주의 자리에 앉고 평화가 지속되면서 몸은 편했지만 마음 한구석에서는 항상 이런 상황을 그리워했던 가백현이었다.

결국 그도 천상 무인이었다.

"가자! 전속력으로 달린다! 싹 쓸어버리자!"

"와아아!"

가백현이 선두에서 달리자 은남도문 무인들도 우렁찬 함성과 함께 엄청난 기백을 뿜어내며 뒤따라 달리기 시작했다.

"은남도문에서 제법 많은 수의 병력이 쏟아져 나왔다고 합니다!"

척후의 보고를 들은 귀령대주가 살짝 인상을 찌푸렸다.

"전면전을 치를 생각이군. 뒤는 생각하지 않아. 이렇게 나오면 곤란한데……."

진다는 생각은 하지 않았다.

하지만 전면전이 벌어져 사도련을 전멸시킨다 하더라도 제법 큰 피해를 입을 수밖에 없었다.

"그렇다고 덤비는데 안 받아줄 수는 없지. 전투다. 한 놈도 살려두지 말도록."

"공격입니다!"

귀령대주의 명령이 떨어짐과 동시에 또 다른 척후의 다급한 보고가 이어졌다.

나군천과 풍신현이 서로 다른 곳에서 공격을 감행한 것이었다.

"잔머리 좀 굴리는군."

그렇게 중얼거린 귀령대주가 사나운 표정을 지은 채 검을 들고 발걸음을 옮겼다.

나군천이 이끄는 반월도문 무인들은 자신의 안위는 생각지 않고 도를 휘둘렀다.

어차피 죽을 각오로 뛰어든 이상 눈앞의 적을 베어 넘기는 것만 생각할 뿐이었다.

잔뜩 독이 오른 눈빛.

살기가 가득 담긴 도.

그런 그들의 공격에 괴물 같기만 했던 군마성 무인들도 하나둘씩 쓰러져 갈 수밖에 없었다.

물론 그렇다고 해서 군마성이 큰 피해를 입은 것은 아니었다. 갑작스런 공격이었지만 일전의 경험 때문인지 곧바로 사태를 수습하고 반월도문 무인들의 상대하고 있었다.

지난번 공격만큼 수월할 것이라 생각지는 않았지만 예상 외로 더 빡빡한 상황에 나군천의 미간이 잔뜩 찌푸려졌다.

'원래 이 정도였지.'

한 번의 기습 성공.

큰 피해를 입힌 것은 아니라 하나 충분한 자신감을 얻는 효과를 얻은 것은 분명했다.

하지만 그 자신감 때문에 원래 그들의 실력을 잠시나마 잊고 있던 것은 아닌가 하는 생각이 들었다.

그 정도로 군마성의 방어벽은 제법 견고했고 반격은 날카로웠다.

'뭐하는 거냐, 가백현!'

이를 악물고 도를 휘두르며 나군천은 정면을 맡은 가백현을 떠올렸다.

반대편에서 풍신현이 이끄는 비밀 호위대가 고군분투하고는 있다고 하나 정면을 맡은 가백현이 제때 합류하지 않는다면 양쪽 다 각개격파당하고 말 것이 분명했다.

"버텨라! 그리고 쓰러뜨려라!"

나군천이 악에 받친 목소리로 소리치며 눈앞의 군마성 무인 한 명을 두 동강 내었다.

반면 풍신현의 표정에는 큰 변화가 없었다.

실상 그의 실력이라면 문파의 문도 한 명을 쓰러뜨리는 데 주먹질 한 번이면 충분했다.

하지만 군마성의 무인들은 확실히 달랐다.

그의 주먹질 한 번에 쓰러지기는커녕 피한 후 반격을 하기도 하고 몇 번의 공격에야 겨우 쓰러지기도 했다.

그런 상황이 익숙지 않을 수 있으나 풍신현은 전혀 동요하지 않고 표정 변화 없이 주먹을 휘두를 뿐이었다.

자신들을 이끄는 수장이 그런 모습을 보이니 그 뒤를 따르는 비밀호위대 역시 상대의 대응에 전혀 동요하지 않고 평정심을 유지하고 있었다.

"그때의 쥐새끼로군."

풍신현의 앞에 귀령대주가 모습을 드러냈다.

사납게 구겨진 그의 표정에서 지금 그의 심경을 읽을 수가 있었다.

"후후."

지금까지 단 한 번도 표정 변화를 보이지 않던 풍신현이 그런 귀령대주를 바라보며 실소를 흘렸다.

자신을 비웃는 것 같은 풍신현의 모습에 귀령대주의 눈썹이 한 차례 꿈틀거렸다.

"그대인가? 천중도문의 종 문주를 의식불명으로 만들었다는 자가?"

"그렇다."

귀령대주가 금세 침착함을 되찾으며 대답했다.

"먼저들 가도록."

풍신현의 명령에 비밀호위대가 적들을 향해 쏘아져 나갔다.

비밀호위대가 자리를 피하고 군마성 무인들 역시 두 사람 가까이 접근하지 않았다.

비밀호위대도 그렇고 군마성 무인들도 그렇고 각각 귀령대주와 풍신현에 대한 믿음이 있었기 때문이었다.

"오랜만에 제대로 한 판 뜨겠어."

풍신현이 들뜬 목소리로 말하며 천천히 몸을 풀었다. 어깨를 슬슬 돌리기도 하고 주먹을 쥐었다 펴기도 하면서.

그 모습에 귀령대주 역시 손에 들고 있던 검을 돌리면서 예열을 하기 시작했다.

두 사람은 서로를 알아보았다.

둘 중 하나는 죽어야만 싸움이 끝날 것이란 사실을 안 것이다.

하지만 두 사람 모두 목숨을 잃는 이가 자신이 될 것이라는 생각은 추호도 하지 않았다.

시작 전부터 지고 들어갈 생각은 전혀 없었다.

그것은 전체의 사기 문제이기도 했지만 그 전에 충분히 자신감을 가질 수 있을 만한 실력을 가진 고수들의 자존심 문제였다.

몸을 풀던 두 사람이 동시에 움직임을 멈추었다.

파박!

팟!

그러더니 순식간에 기수식도 취하지 않고 서로를 향해 달려들었다.

꽝!

사방에 울리는 폭음.

풍신현의 주먹과 귀령대주의 검끝이 허공에서 부딪치며 만들어낸 소리였다.

첫합의 결과는 대등.

두 사람의 입가에 미소가 번졌다.

꽝!

멀리서 터진 폭음은 나군천의 귀에도 들릴 정도로 컸다.

그 소리에 나군천이 살짝 인상을 찌푸렸다.

폭음이 났다는 건 고수들 간의 충돌이 있었다는 뜻. 근원지가 자신이 아닌 이상 풍신현 아니면 가백현 쪽에서 난 것이 분명했다.

자존심 상하는 문제.

물론 생사가 오가는 전장에서 그런 것을 따진다는 것이 어찌 보면 어처구니없는 일이긴 하지만 무인으로서 자존심 상하지 않으면 그것도 또 이상한 일이기도 했다.

그래서일까?

나군천의 도가 더욱 묵직하게 주변을 휩쓸었다.

부웅!

쩌억!

나군천의 도에 군마성 무인의 목이 날아갔다.

적 하나를 쓰러뜨렸지만 나군천의 얼굴은 더욱 찌푸려지기만 했다.

"이런 잔챙이들이나 상대하려고 온 것이 아닌데."

중얼거림을 들은 것일까? 그의 앞에 낯익은 얼굴이 나타났다. 군마성 수석장로 여상이었다.

"오랜만이오."

"죽은 줄 알았는데."

여상의 등장이 나군천은 당혹스러우면서도 반갑기도 한 듯했다.

"일전에 관상쟁이가 그리 쉬이 죽을 목숨은 아니라 하더이다."

여상의 대답에 나군천이 피식 웃었다. 그리고는 한쪽에 쓰러져 있는 군마성 무인의 옷에 도에 묻은 피를 쓱 닦아내었다.

"뭐, 그때 죽지 않아 아쉽기는 하지만. 후우⋯⋯."

피를 닦아낸 나군천이 심호흡을 한 차례 하고는 여상을 똑바로 노려보았다.

"이번에는 제대로 죽여주지."

"후후. 나 문주 목숨부터 걱정하는 게 좋을 게요."

여상이 검을 늘어뜨리며 답했다.

서로 죽이겠다고 노려보는 시선이 허공에서 뜨겁게 얽혔다.

풍신현이 귀령대주와 살벌한 일전을 벌이고 있고 나군천이 여상과 재회한 그때.

가백현이 이끄는 은남도문 무인들이 밀물처럼 군마성 진영을 향해 달려들었다.

군마성이 합산도문을 집어삼키기 전까지 그들의 위력이 전혀 알려지지 않았던 것처럼 은남도문 역시 이번 싸움이 시작되고 처음으로 제대로 된 전력이 모습을 드러냈다.

거리가 가까워지자 선두에 선 가백현이 도에 진기를 잔뜩 불어 넣었다. 그리고는 속도를 더욱 올리며 도를 휘둘렀다.

서거걱.

단순히 수평으로 한 번 휘두른 것에 불과했지만 그의 도는 순식간에 군마성 무인 세 명의 목을 베어버렸다. 그것이 신호가 되어 군마성 무인들과 은남도문 무인들이 한데 뒤엉켰다.

여기저기서 기합성과 금속성, 그리고 비명이 난무하기 시작했다.

말 그대로 난전.

그 속에서 가백현은 종횡무진 주변을 날아다녔다.

오랜만의 실전이 가져다주는 흥분이 그의 발걸음을 더욱 가볍게 만들고 있었다. 그의 도가 또 한 번 춤을 췄다.

"억!"

그때마다 군마성 무인들은 단말마 이상의 비명을 지르지 못했다.

'억!' 소리 한 번.

그 이상 길게 늘어지는 비명 소리는 적어도 가백현의 도에 목숨을 잃은 자에게서는 나오지 않았다.

하지만 그것도 잠시.

가백현이 도를 멈추었다.

자신의 앞에 나선 누군가가 있었기 때문이었다.

딱 봐도 고수. 하지만 이기지 못할 것이라는 생각까지 들게 만드는 존재는 아니었다.

"장로급인가?"

"그렇소."

군마성 이 장로가 가백현의 앞에 나섰다. 평온해 보이는 표정에 하얀 수염을 길게 늘어뜨리고 묶지 않은 산발한 머리카락이 신비감마저 만들어내는 인물이었다.

"재밌겠군."

가백현이 옅은 미소를 지었다.

밀려오는 흥분에 몸이 살짝 떨리기도 했다.

비무가 아닌 실전에서 실로 오랜만에 만나는 고수. 어쩌면 자신의 실력을 다 보일 수 있을지도 모를 고수의 등장이 그를 그렇게 만들었다.

"일찍 죽지 마라. 그럼 죽어서도 편히 눈감지 못하게 저주를 퍼부을 테니."

그렇게 말한 가백현이 천천히, 하지만 힘 있는 발걸음으로 그에게 다가갔다.

군마성과 은남도문의 싸움은 고착화되어 가고 있었다.

첫 충돌 때에는 양쪽 모두에게 제법 피해가 있었지만 지금은 손실보다는 현상 유지에 가까울 정도로 공방이 일고 있었다.

그 와중에 귀령대주를 상대하고 있는 풍신현과 여상을 상대하는 나군천, 그리고 이 장로를 상대하는 가백현 만이 치열한 사투를 계속하고 있었다.

제법 시간이 흘렀음에도 그들의 싸움은 끝날 줄 몰랐고, 그런 상황이 계속되다 보니 이제는 즐기고 있는 것 같은 느낌마저 들었다.

그렇지만 어쨌든 끝장을 봐야 하는 싸움인 만큼 그들의 대결도 막바지로 치닫고 있었다.

그러던 그때.

예상외의 변수가 등장했다.

언제나 변수는 존재한다고 하지만 지금 이 순간 등장한 변수는 변수라고 하기에는 너무나 큰, 거대한 존재감을 가지고 있었다.

느릿느릿하게 전장에 당도한 그 변수는 잠시 난전이 벌어지고 있는 눈앞의 상황을 응시했다.

그러기를 잠시.

그가 가볍게 바닥을 한 번 굴렀다.

쿠르르릉!

거대한 소음과 함께 지진이라 느낄 정도의 진동이 전장 구석구석으로 퍼져 나가기 시작했다.

그 거대한 기운에 군마성의 무인들과 은남도문의 무인들, 심지어 막바지에 이른 싸움을 펼치고 있던 풍신현과 나군천, 가백현도 동작을 멈추고 시선을 돌렸다.

그곳에는 옆에 서기종을 대동한 군마성주가 서 있었다.

지금껏 한 번도 모습을 드러내지 않았던 미지의 존재.

군마성주가 드디어 나타난 것이다.

第八章 공성

군마성주의 등장.

누구도 그를 본 적이 없지만 풍기는 기도만으로도 그의 정체를 알 수 있었다.

멀리 떨어져 있는 가백현도 군마성주의 얼굴을 제대로 볼 수 없었지만 그의 등장은 충분히 알 수 있었다.

가백현은 살짝 인상을 찌푸렸다.

자신의 몸이 부들부들 떨리는 것을 느꼈기 때문이었다.

기분 좋은 떨림이 아니었다. 처음 출진할 때의 흥분 섞인 떨림도 아니었다.

약간의 두려움이 가져다주는 그런 떨림이었다.

사도련에서 자신이 최고라는 자부심이 있었다. 그리고 누구와 붙어도 지지 않을 자신도 있었다.

그런데 처음 보는 군마성주에게 두려움을 느끼고 있었다.

머리는 아니라고 하는데 몸은 그렇게 말하고 있었다.

그것이 가백현은 기분이 나빴다.

직접 부딪쳐 보지 않은 상대에게 두려움을 느낀다는 것. 그건 이미 진 것이나 다름없는 일이었다.

"버러지 같은 놈들."

군마성주가 나직이 중얼거렸다. 그리고는 천천히 발걸음을 옮겼고 그 뒤를 서기종이 따랐다.

군마성주는 그냥 걸었다.

그리고 전장에 가까워올수록 은남도문의 무사들은 숨이 턱 막혀왔다.

그만큼 군마성주가 주는 위압감은 상당했다.

모두가 숨죽였다.

전장이라 믿기지 않을 만큼 고요했다.

단 한 사람의 등장이 수백의 움직임을 멈춰 세운 것이다.

천천히 발걸음을 옮기던 군마성주가 어느 순간 우뚝 멈춰 섰다. 그리고는 나직한 목소리로 중얼거렸다.

"노부가 지금 몹시 기분이 좋지 않다."

나직한 그의 목소리는 신기하게도 넓은 전장에 있는 모두의 귀에 또렷이 들렸다.

　"하지만 넓은 마음으로 아량을 베풀려 한다. 지금 당장 모두 돌아가라. 너희에게 좀 더 살 수 있는 기회를 주는 것이니 따르는 것이 좋을 것이다."

　군마성주의 말에 은남도문 무사들은 머뭇거렸다.

　비록 군마성주의 위압감에 싸우기를 멈췄다고는 하지만 가백현의 명령이 있기 전 함부로 전장을 이탈할 수는 없는 노릇이었다.

　가백현이 군마성 이 장로를 지나쳐 군마성주가 있는 쪽으로 발걸음을 옮겼다.

　군마성주에게 다가가는 가백현은 점차 안정을 찾고 있었다.

　잠시 동안 밀려오는 두려움이 몸이 떨렸다고는 하나 사도련을 이끌어온 저력이 있는 만큼 이내 자신을 다스렸다.

　가백현은 당당하게 군마성주에게 다가가 마주 보고 섰다.

　"군마성주?"

　"그렇다. 보아하니 가백현이라는 놈인 모양이구나."

　자신을 하대하는 군마성주의 말에 가백현의 눈썹이 한 차례 꿈틀거렸다.

　"그래도 제일 낫다는 놈이 이 정도라니. 사도련을 너무 높

게 평가한 것인가?'

가백현의 표정 변화를 읽은 군마성주가 조롱하듯 말했다.
그것은 아직까지 사도련을 제대로 무너뜨리지 못한 군마성에
일침을 가하려는 의미이기도 했다.

"높게 평가한 만큼 군마성은 여기서 끝이오."

가백현이 화를 누르며 말했다. 군마성주를 똑바로 바라보
는 그의 눈빛은 더욱 뜨겁게 타오르고 있었다.

"하하하하하!"

군마성주가 대소를 터뜨렸다. 그에 가백현의 얼굴이 종잇
장 구겨지듯 일그러졌다.

웃음을 멈춘 군마성주의 얼굴은 딱딱하게 굳어 있었다.

그리고는 차가운 눈빛으로 가백현을 바라보며 입을 열었다.

"가소롭구나. 마음 같아서는 당장 네놈의 목을 따고 싶지
만 내가 내뱉은 말이니 기회를 주겠다. 지금 당장 물러가거
라. 몰살당하고 싶지 않다면."

"따보시지!"

가백현이 도를 휘두르며 군마성주와의 거리를 좁혀갔다.
하지만 군마성주는 미소를 지은 채 그 자리에서 꿈쩍도 하지
않았다.

대신 그의 뒤에서 다른 이가 재빠르게 움직였다.

쩌엉―!

묵직한 소음이 주변에 퍼져 나갔다.

가백현의 도를 막은 것은 다름 아닌 군마성주의 뒤에 서 있던 서기종이었다.

"물러서시지요."

가백현의 도를 막은 서기종이 표정의 변화 없이 중얼거렸다.

반면 가백현은 내심 놀란 상태였다.

군마성주에게만 집중했지 그의 뒤쪽에 서 있는 서기종은 신경도 쓰지 않고 있었다.

그런 그가 비록 모든 힘을 다 실은 건 아니라지만 자신의 공격을 그 짧은 시간에 다가와 막아낸 것에 놀라고 있었다.

하지만 최대한 그런 감정을 겉으로 드러내지 않고 차분하게 서기종을 쳐다보고 있었다.

"마지막으로 드리는 기회입니다. 문도들을 생각하신다면 지금 물러나시지요."

서기종의 한마디에 순간 가백현의 눈빛이 살짝 흔들렸다가 제자리를 찾았다.

얼마 안 되는 시간이었지만 군마성주와 마주한 순간 문도들에 대한 생각은 까맣게 잊고 있던 그였다.

오직 강한 상대를 앞에 두고 거기에만 집중하고 있었다.

문주라는 자리에 어울리지 않는 모습.

하지만 또 무인으로서 당연한 모습이기도 했다.

지금 이 순간 가백현의 머릿속에는 수많은 생각이 스쳐 지나갔다.

물러날 것인가.

아니면 지금 이 자리에서 끝을 볼 것인가.

이길 수 있을 것인가.

아니면 모두 이 자리에서 몰살당할 것인가.

스윽.

결국 가백현은 도를 거둬들이고 물러섰다. 일단은 문주 입장에서 문도들을 먼저 생각한 것이다.

"잘 생각하셨습니다."

가백현이 물러서자 서기종도 검을 거두며 물러섰다. 그러자 잠자코 지켜보고 있던 군마성주가 다시 입을 열었다.

"닷새를 주겠다. 그사이에 도망을 가든 문파 안에 틀어 박혀 공성 준비를 하든 마음대로 해보거라. 닷새다."

군마성주의 말을 뒤로하고 가백현이 발걸음을 옮겼다.

그의 입에서 아무런 말도 나오지 않았지만 후퇴 명령이나 다름없는 발걸음이었다.

그렇게 한 사람의 등장으로 싸움이 일단락되었다.

*   *   *

군마성주의 등장으로 싸움이 멈추고 밤이 찾아왔다.

군마성 진영은 그 어느 때보다 고요했다. 하지만 그 어느 때보다 사기가 충천해 있었다.

군마성주는 자신의 처소로 마련된 장막 안에서 귀령대주와 독대를 하고 있었다. 독대라고는 하지만 그의 곁에는 항상 서기종이 있었다.

"의외로군."

"면목 없습니다."

귀령대주가 고개를 숙인 채 대답했다. 하지만 군마성주의 표정은 그를 질타하는 것이 아니었다.

"아니야. 내 명을 어기고 먼저 도발을 하거나 하지는 않았겠지. 너를 탓하는 게 아니다."

"종무헌이 깨어났다는 소식은 들었겠지?"

"그렇습니다."

"뒤에서 치고 올 병력은 없을 테니 걱정 말고 앞만 보거라."

군마성주의 말에 귀령대주가 슬쩍 고개를 들어 그를 바라보았다. 알 수 없는 옅은 미소만 짓고 있는 군마성주의 얼굴에 머물던 그의 시선이 살짝 고개를 숙인 채 서 있는 서기종에게 닿았다.

'실력이 상당한 모양이군.'

군마성주가 옛 제자와 다시 재회했다는 소식은 들어서 알고 있었다. 하지만 이 정도일 줄은 몰랐다.

"은남도문을 무너뜨리고 나면 본진을 움직일 게다. 닷새 후에 확실히 처리하도록 하고."

"물론입니다."

"그리고⋯⋯."

그렇게 말한 군마성주가 서기종을 바라보았다.

"가백현 그놈. 한번 부딪쳐 보니 어떻더냐?"

"정확히 모르겠습니다."

서기종이 솔직하게 대답했다. 단 한 번의 충돌로 알 수 있는 것은 많지 않았다.

"네가 맡아라. 그놈은."

"⋯⋯."

군마성주의 말에 서기종이 아무런 대답도 하지 않았다. 다시 그와 재회한 이후 한 번도 대답을 안 한 적이 없던 서기종이었기에 군마성주가 의아한 표정으로 그를 쳐다보았다.

"왜 대답이 없느냐?"

"사부님께 부탁이 있습니다."

"그래. 말해보아라."

"제가 꼭 한번 상대해 보고 싶은 사람이 있습니다."

그 어느 때보다 강한 의지가 담긴 그의 말에 군마성주도 호기심 섞인 눈빛으로 서기종을 바라보았다.

"백룡문주입니다."

서기종의 대답에 군마성주의 표정이 실망으로 바뀌었다.

"백룡문주라니. 네가 있던 곳의 그 새파란 애송이 말이더냐?"

"그렇습니다."

군마성주는 이해할 수가 없었다.

백룡문. 서기종이 그곳에 있지 않았다면 죽을 때까지 알지 못했을 문파였다.

하물며 그곳의 문주가 강하면 얼마나 강하겠는가.

비록 장세진이 백룡문주에게 목숨을 잃었다고는 하지만 그것은 어디까지나 장세진이 스스로 자멸한 탓이 크다고 생각하고 있었다.

그런데 고작 상대해 보고 싶은 자가 백룡문주라니.

"왜 하필 그지?"

"한 번도 이겨본 적이 없습니다."

"이겨본 적이 없다?"

"그렇습니다."

"허허."

군마성주가 너털웃음을 지었다. 한 번도 이겨본 적이 없다는 것은 자신과 재회하기 전의 일일 터. 지금의 서기종이라면 백룡문주 정도는 쉽게 이길 수 있을 것이라 확신하는 군마성주었다.

　그것을 서기종이 모르지 않을 것이라 생각했고, 그럼에도 그런 이야기를 하는 것을 보며 제자가 굉장히 감상적이라는 생각을 할 뿐이었다.

　"백룡문주가 제가 아는 그를 말씀하시는 거라면……."

　그때, 귀령대주가 입을 열었다. 이 자리에서 가장 최근에 상천과 마주한 이가 바로 그였다.

　"그는 충분히 강합니다."

　귀령대주의 말에 군마성주의 눈빛이 바뀌었다. 귀령대주는 군마성 내에서도 자신이 인정하는 고수. 그런 그가 강함을 인정했다는 것은 객관적인 실력이 상당하다는 뜻이었다.

　"그 정도란 말이더냐?"

　"강합니다."

　"지금 어디 있지?"

　"반월도문의 비밀통로를 빠져나갔고 가릉이 그 뒤를 쫓은 것으로 압니다."

　"살아 있을 확률은?"

　"오 할 이상입니다."

　"음……."

　가릉을 상대로 살아남을 확률이 오 할 이상이라는 것은 지금 어딘가에 살아 있을 것으로 생각해도 무방하다는 뜻이었다.

하지만 거기까지였다.

"살아 있다 한들 멀쩡하지는 않을 게다. 그 짧은 시간 안에 몸을 회복했다 하여도 남은 닷새 안에 나타날지도 의문이고. 일단은 닷새 후를 생각하거라. 사도련을 장악하고 중원 진출의 거점을 마련한 후에 그를 찾아라. 그땐 말리지 않으마."

"…알겠습니다."

군마성주의 말에 서기종이 고개를 숙이며 대답했다. 하지만 서기종은 닷새 후 이곳에서 상천을 만날 수 있을 것이라는 예감이 강하게 들었다.

*　　　*　　　*

전원 퇴각한 후의 은남도문.

군마성 진영과 마찬가지로 고요하기 그지없었다. 다른 점이 있다면 분위기도 무겁게 가라앉아 있다는 점이었다.

초반 분위기는 좋았지만 결국 군마성주가 나타나기 직전까지 제법 큰 피해를 입은 은남도문이었다.

전력은 약해졌고 적의 전력은 월등히 높아졌으니 분위기가 무겁지 않을 리 없었다.

그것은 비단 문도들만의 분위기는 아니었다.

밤늦은 시간임에도 잠을 청하지 않고 있는 가백현과 나군천, 풍신현의 분위기 역시 무겁게 가라앉아 있었다.

누구 하나 쉽게 입을 열지 못했다.

심지어 군마성주 앞에서 당당한 모습을 보였던 가백현까지도 지금은 아무런 말을 하지 못하고 있었다.

군마성주가 준 닷새라는 기간이 굉장히 무겁게 세 사람의 마음을 짓누르고 있었다.

어떻게 할 것인가.

은남도문은 사도련의 최후의 보루. 더 이상 물러설 곳은 없었다.

사실 고민을 할 것도 없었다.

죽더라도 싸우다 죽는 것이 정도였다.

하지만 그럼에도 세 사람은 고민하고 있었다.

어떻게. 그것이 머릿속에 확실히 자리 잡지 못한 까닭이었다.

공성인가 정면 대결인가.

군마성주를 감당할 수 있을 것인가.

지금의 이런 상황을 알고 있을 것이 분명함에도 요지부동인 구파에 도움을 청할 것인가.

뚜렷한 돌파구가 보이질 않았다.

닷새 동안 할 수 있는 것이 아무것도 없는 듯한 이 무력감.

어쩌면 그것 때문에 이러고 있는지도 몰랐다.

"후……."

침묵을 깨는 긴 한숨. 가백현의 것이었다.

한숨을 쉬지는 않았지만 나군천이나 풍신현 모두 같은 심정이었다.

"들어가겠습니다."

그때 반월도문 무인들의 상태를 살피고 온 하신이 들어왔다.

"어떻게 하실 생각이십니까?"

나군천의 옆에 자리한 하신이 물었다. 하지만 누구 하나 입을 여는 사람이 없었다.

"구파에 도움을 청하시지요."

하신이 자신의 생각을 이야기했다.

하지만 가장 가까운 곳에 있는 무당파에서 요청을 받아들이고 곧장 출발한다 한들 닷새 안에 이곳에 당도하기란 불가능했다.

"최대한 버티면 됩니다. 굳게 문을 걸어 잠그고 구파의 지원군이 올 때까지 버티는 게 최선입니다."

하신의 생각은 확고했다. 그리고 실상 그것이 피해를 최소화할 수 있는 유일한 방법이기도 했다.

그러면서도 만약 구파가 자신들의 요청을 거절하기라도 한다면 전멸할 위험이 가장 큰 방법이기도 했다.

"문도들은?"

"목숨을 잃은 이는 몇 있습니다만 살아남은 이 중 큰 부상을 당한 사람은 없습니다."

하신의 대답에 나군천이 무거운 표정으로 고개를 끄덕였
다. 다행인지 불행인지 모를 하신의 보고에 마음이 더욱 무거
워졌다.

"여기에 모여서 신의 한 수가 떠오를 리 만무하니 오늘은
이만 돌아가서 쉬지."

침묵을 지키고 있던 가백현이 입을 열었다.

그에 무슨 말을 하려는 듯하던 나군천이 다시 입을 다물고
자리에서 일어섰다.

가백현이 느끼고 있는 감정의 크기가 자신이 느낀 것보다
몇 배는 더 클 것이라는 것을 잘 알고 있기 때문이었다.

그것을 이겨내는 것은 어디까지나 가백현 본인의 몫.

이럴 때에는 자리를 피해주는 것이 옳았다.

"쉬게."

나군천과 하신이 먼저 자리를 떴다. 그리고 잠시 더 곁을
지키고 있던 풍신현도 가백현의 손짓에 자리에서 일어났다.

모두가 떠나고 홀로 남은 집무실에서 가백현은 고뇌에 빠
졌다.

다음 날 아침.

늦은 시간에 그대로 집무실에서 잠들었지만 가백현은 동

이 트기 직전에 눈을 떴다. 숙면을 취할 수 있을 리가 없는 상태였다.

"기침하셨습니까."

"들어오게."

풍신현의 목소리에 가백현이 반쯤 잠긴 목소리로 대답했다.

문을 열고 들어온 풍신현의 얼굴에도 피로가 가득 묻어났다. 그 역시도 간밤에 잠을 제대로 자지 못한 까닭이었다.

"구파에 도움을 청하시지요."

밤새 골똘히 생각한 끝에 나온 결론이었다. 처음에는 하신이 무인이 아니기 때문에 그런 이야기를 쉽게 할 수 있다 생각했지만 오히려 그렇기 때문에 지금의 상황에 더욱 적절한 판단을 냉철하게 내릴 수 있다는 생각도 하게 되었다.

풍신현 역시 최대한 감정을 가라앉히고 차분하게 장고를 거듭했고 그 끝에 내린 결론이 이것이었다.

"그들이 요청을 거절한다면? 거절하지 않아도 도착할 때까지 버틸 수 있는 방법은?"

"남은 나흘 동안 짜내면 됩니다. 지금은 한시라도 빨리 전서구를 띄우는 것이 우선입니다."

어제와 달리 눈에 띄게 나약해진 것 같은 모습을 보이는 가백현을 다잡기 위해서인지 풍신현은 더욱 강한 어조로 자신의 생각을 말했다.

"이미 떠웠네."

그때 나군천이 가백현의 집무실로 들어오며 말했다. 그에 가백현과 풍신현이 크게 뜬 눈으로 그를 바라보았다.

"어차피 보내려고 했던 것 아닌가? 그렇다면 말 그대로 한 시라도 빨리 보내는 게 좋으니까."

"언제 보내셨습니까?"

"한 시진 전에. 조금 있으면 무당에 당도하겠군."

"하……."

나군천의 말에 가백현이 작게 한숨을 쉬며 고개를 절레절 레 흔들었다.

"하 군사도 부르게. 대책 회의 좀 해야지."

가백현의 이어진 말에 나군천이 씩 웃으며 집무실을 나섰다.

네 사람은 열띤 회의를 했다.

전날의 무거운 분위기는 온데간데없이 사라졌고 이길 수 있는 방법, 지원군이 오기까지 버틸 수 있는 방법을 최대한 짜냈다.

*　　　*　　　*

"거의 다 온 건가?"

상천 일행이 은남도문 인근에 도착한 것은 군마성주가 준기한의 마지막 날 저녁이었다.

상천은 큰 전투가 머지않았다는 것을 직감했다.

상천뿐만 아니라 함께하고 있는 모두가 그것을 느낄 수 있었다.

그도 그럴 것이 은남도문에 가까워올수록 숨 막히는 위화감이 온몸을 짓눌렀기 때문이었다.

"금방이라도 뭔가 터질 것 같네요."

화룡이 주변을 두리번거리며 말했다. 하나도 이상할 것 없는 주변 풍경이었지만 지금은 그런 평범한 풍경도 평범하게 다가오지 않았다.

상천은 괜히 조급한 마음이 생겼다.

아무것도 모르는 상황이지만 한시라도 빨리 은남도문에 도착해야 할 것만 같은 느낌이 들었다.

'나 혼자라면 가능하겠지만…….'

그렇게 생각하며 상천이 슬쩍 일행들을 쳐다보았다. 그들의 실력으로 상천의 속도를 쫓아오기에는 무리가 있었다.

낭호와 녹엽은 처음부터 따라오기가 벅찰 것이고 화룡은 그나마 조금 쫓아오다가 이내 멀어질 것이 분명했다.

잠시 고민하던 상천은 일단은 그들과 속도를 맞춰 이동하기로 했다.

자신의 불길함이 어긋나길 바라면서.

*   *   *

해가 뉘엿뉘엿 서쪽 하늘로 기우는 시각.

가백현은 긴장한 표정으로 해가 저물어가는 하늘을 바라보고 있었다.

이제 명운이 달린 결전이 몇 시진 남지 않은 상황.

그 아무리 실력이 뛰어나고 배포가 큰 사람이라 해도 이와 같은 상황에서 긴장하지 않을 재간은 없을 것이었다.

준비할 수 있는 것은 다 한 상태였다.

정문을 굳게 걸어 잠그고 문 뒤에 쇠를 덧대는 작업까지 끝마쳤다. 짧은 기간에 끝내야 하는 상황이라 최대한 많은 인력이 밤샘 작업을 해야 했지만 적어도 적들이 정문을 뚫고 들어오기란 쉽지 않을 거라 자부할 수 있을 정도의 내구도를 가지게 되었다.

그 외에도 벽을 타고 넘어올 것에 대비해 끓는 기름도 준비해 놓은 상태였다.

가장 가까운 무당에서도 곧바로 지원군을 보내겠다는 회신을 받아놓은 상태였다. 최대한 사태의 심각성을 부각해 서신을 보낸 것이 그들의 즉각적인 반응을 이끌어낸 것이다.

"이제 나머지는 운명에 맡겨야 하는 것인가."

그렇게 중얼거린 가백현이 한쪽에 놓아둔 자신의 도에 시선을 옮겼다.

워낙 좋은 재질로 만들어진 이유도 있지만 오랜 시간 사용하지 않았던 탓에 도의 날은 거의 상하지 않은 상태였다.

날이 밝으면 아니, 어쩌면 자정을 넘긴 순간부터 저 도를 미친 듯이 휘둘러야 할지도 모를 일이었다.

어떤 상황이 오든 가백현은 자신의 애병이 부러질 때까지 죽을힘을 다해 싸우겠다고 다짐했다.

나군천은 자신의 방에서 운기조식을 하고 있었다.

긴장과 흥분을 가라앉히고 정신을 맑게 하는 데에 운기조식만큼 좋은 것이 없었다.

"후우……"

나군천이 심호흡과 함께 눈을 떴다.

그의 눈에서 뿜어져 나오는 안광은 그 어느 때보다 맑고 영롱했다.

그만큼 정신적, 육체적으로 최상의 상태를 유지하고 있다는 뜻이었다.

"군마성주든 누구든 다 상대해 주마."

나군천이 중얼거렸다. 어찌 보면 무모할 수도 있는 발언이었지만 그만큼 자신의 몸 상태에 자신이 있다는 뜻이었다.

"어찌 되었을지 궁금하군."

문득 상천을 떠올린 나군천이 중얼거렸다. 반월도문에서 처음 봤을 때의 모습부터 비밀통로에서 본 마지막 모습까지가 단편적으로 머릿속에 떠올랐다.

그의 생사를 알 수 없는 상황.

그리고 지금은 고수 한 명이 아쉬운 상황.

두 가지 상황이 묘하게 맞물리며 나군천의 마음을 울렸다. 가능할지 모르겠지만 이번 싸움에서 목숨을 건지고 승리를 거둔다면 어떤 식으로든 백룡문에 도움을 줄 생각이었다.

"일단 내일 저 밖에 있는 놈들부터 처단한 후에."

그렇게 중얼거린 나군천이 다시 한 번 길게 심호흡을 했다.

풍신현은 웃고 있었다.

가볍게 몸을 풀며 미소를 짓고 있는 그는 지금 온몸을 휘감고 있는 흥분을 즐기는 중이었다.

적당한 긴장과 적당한 흥분.

그것이 가져다주는 쾌감은 결코 거부할 수 없는 묘한 힘을 가지고 있었다.

은남도문을, 그리고 중원을 노리는 군마성에는 어쩌면 자신보다 강한 상대가 우글우글할 것이다.

자칫 죽을 수도 있는 상황.

하지만 풍신현은 그런 것에 전혀 개의치 않았다.

무인에게 강한 상대와 싸우다 죽는 것은 결코 치욕스럽거나 두려워할 일이 아니었다.

오히려 영광스럽게 생각할 일이고 마다하지 않아야 할 일이었다.

지금 이 순간 풍신현은 은남도문의 군사가 아닌 주먹 하나로 중원을 누비던 젊은 시절의 그로 돌아가 있었다.

"문주님을 만나 새롭게 얻은 이 삶. 문주님과 은남도문을 위해 기꺼이 바치겠습니다."

그렇게 읊조린 풍신현이 다시 가볍게 주먹을 쥐고는 몸을 풀기 시작했다.

여전히 그의 입가에는 기분 좋은 미소가 번져 있었다.

자정을 조금 넘긴 시각.

은남도문 전체에 팽팽한 긴장감이 감돌기 시작했다. 군마성주가 정해준 기한이 지난 시간. 언제 적이 몰려와도 하등 이상할 것 없는 시간이었다.

늦은 시간이지만 졸음도 몰려오지 않았다.

오히려 정신은 더욱 또렷해졌고 오감은 더욱 예민해져 갔다.

그렇게 한 시진이 지나고 두 시진이 지났다.

꼬박 밤을 새웠지만 누구 하나 눈을 감은 사람은 없었다.

그렇게 동이 틀 무렵.

그들이 움직이기 시작했다.

귀령대주가 선두에 선 군마성 병력들이 천천히 그렇다고 너무 느리지 않은 속도로 은남도문을 향해 다가오고 있었다.

그 소식은 빠르게 가백현에게 전달되었다.

소식을 전해 들은 가백현의 표정에는 변화가 없었다.

그리고 그 옆에 있는 풍신현 역시 조금의 동요도 보이지 않았다.

"준비하라 이르게."

"알겠습니다."

가백현의 명을 받은 풍신현이 밖으로 나갔다.

"이제 시작이군."

그렇게 말하는 가백현의 목소리가 가늘게 떨렸다.

*   *   *

은남도문을 향해 진군하는 군마성의 모습은 두려움을 일으키기에 충분했다.

자신감이 충만하면서 상당한 위압감을 풍기는 그 모습은

보는 이를 질리게 만드는 힘이 있었다. 가히 중원을 노릴 만한 모습이었다.

가백현은 자신의 처소에서 나와 정문 가까이에 있는 망루에 직접 올라 그 모습을 바라보았다.

자신도 모르게 소름끼치는 그 모습에 가백현은 몸을 한 차례 부르르 떨었다.

"대단하군."

어느새 가백현과 나란히 서서 그 광경을 지켜보던 나군천이 중얼거렸다. 하지만 목소리에서는 일말의 두려움도 느껴지지 않았다.

"쫄 줄 알았는데."

"내가? 이 나군천을 아직도 모르는군."

가백현의 가벼운 농을 나군천도 가볍게 받았다. 이런 상황에서 그런 이야기를 할 수 있을 정도로 두 사람은 두려움을 이겨낸 상태였다.

하지만 그들을 제외한 은남도문의 무사들은 달랐다.

자신들을 향해 다가오는 검은 그림자를 보는 순간부터 바짝 긴장하기 시작했다.

대주, 단주급 고수들이 돌아다니며 분위기를 다잡고는 있었지만 한 번 퍼져 나간 두려움은 쉽게 사그라지지 않았다.

그것을 가백현이나 나군천이 모를 리 없었다.

잠깐 서로 눈을 마주친 후 가백현이 내력을 실어 말했다.

"이래 죽으나 저래 죽으나 똑같다! 운 좋으면 살겠지만 어차피 죽을 거 개죽음은 당하지 말도록! 저들은 괴물이 아니라 사람이다!"

가백현의 외침은 문도들의 동요를 조금이나마 줄였다. 하지만 그것만으로는 부족했다.

그때, 나군천이 나섰다.

"은남도문도 별것 아니군. 그래! 그렇게 벌벌 떨다가 칼 맞아 죽어버려라!"

비꼬는 듯한 나군천의 외침은 제법 큰 효과를 가져왔다.

아무리 적의 모습을 보고 두려운 마음이 생겼다지만 은남도문의 문도라는 자부심만큼은 마음속 깊은 곳에 강하게 새겨져 있는 그들이었다.

그 부분을 건드렸으니 순간 울컥하는 마음이 치솟을 수밖에 없었다.

하지만 그런 발언을 한 사람이 반월도문의 나군천이니 그 화살은 고스란히 군마성에게 돌아갈 수밖에 없었다.

"제법이군."

"이 정도쯤이야."

"다시 봤어, 나 문주."

"나도 다시 봤어, 가 문주. 더 대단할 줄 알았는데."

나군천의 말에 가백현이 살짝 인상을 찌푸렸다가 이내 표정을 풀고 피식 웃었다.

"내려가지."

그렇게 말한 가백현이 높이가 제법 높은 망루에서 훌쩍 뛰어내렸다.

"멋 부리기는."

그런 가백현을 보며 나직이 중얼거린 나군천도 망루에서 가볍게 뛰어내렸다.

굳게 닫힌 정문을 바라보며 두 사람은 나란히 섰다.

"와라."

가백현과 나군천 누가 먼저라고 할 것도 없이 동시에 중얼거렸다.

第九章

재회

선두에 선 군마성주는 흔들림 없는 표정으로 단단히 걸어
잠근 은남도문의 정문을 바라보며 걷고 있었다.

표정의 변화는 없었지만 군마성주는 지금의 상황이 마음
에 들지 않았다.

자신이 직접 모습을 드러냈음에도 불구하고 상대는 자신
에게 칼을 들이밀고 있었다. 감히.

기한을 준 것은 준비할 시간을 준 것이 아니었다.

도망갈 기회를 준 것이었을 뿐.

나름대로 자비를 베풀었다 생각했는데 저들은 자신의 호

의를 거절했다.

그렇다면 그에 맞는 대가를 치르게 해주는 것이 인지상정.

군마성주는 은남도문 안에 있는 저들을 한 명도 살려두지 않을 생각이었다.

그 뒤를 따르고 있는 서기종의 표정 역시 조금의 변화도 없었다.

하지만 그렇다고 머릿속까지 무덤덤한 건 아니었다.

그의 머릿속에는 온통 가백현과 나군천, 그리고 생사를 알수 없는 상천으로 가득했다.

그들과 싸우는 상상을 수없이 했다.

종무헌을 베기는 했지만 나군천이나 가백현보다 객관적인 실력이 떨어지는 것은 사실.

그들과 검을 섞으면 자신의 실력이 어디까지 통할지 궁금했다.

그러나 서기종에게 더 신경 쓰이는 사람은 상천이었다.

생사를 알 수 없는 상황이고 이번 싸움에 모습을 드러낼지도 의문이지만 서기종은 머지않아 상천과 싸우게 될 날이 올 것이라 생각했다.

자신보다 어린 나이의 상천은 분명 자신보다 실력이 떨어졌었다. 그런데 어느 순간 자신을 훌쩍 뛰어넘어 손이 닿지 않는 위치까지 올라 있었다.

더 오랜 시간을 무공 수련에 매진했음에도 성장 속도는 더 뎠다. 무수히 많은 한계를 느꼈고 벽 하나 넘는 것도 힘에 부 쳤다.

그런데 상천은 무슨 복을 타고 났는지 자신은 하나도 넘기 어려운 벽 몇 개를 한 번에 훌쩍 뛰어 넘었다.

자존심 상하는 일.

질투심도 강하게 일었다. 하지만 어차피 백룡문에 입문하 여 상천을 문주로 모시기로 한 상황이었기에 그런 생각은 가 슴 깊은 곳에 묻어두기로 했었다.

하지만 사부와 재회한 후 모든 것이 달라졌다.

강한 힘을 얻게 되었고 상천이 그랬던 것처럼 자신도 넘지 못했던 벽을 단번에 뛰어 넘었다.

이제는 제대로 붙어 보고 싶었다.

상천과 자신. 누가 더 강한지.

그런 상념에 잡혀 있을 때 군마성주의 목소리가 그를 현실 로 잡아끌었다.

"긴장되느냐?"

"아닙니다."

"후후. 그래. 긴장할 것 하나 없다. 어차피 저들은 너의 발 아래 무릎 꿇게 될 것이니."

군마성주의 목소리에는 힘이 있었다.

그만큼 자신의 무공에 자신이 있었고 자신의 무공을 이어받은 서기종에 대한 믿음도 강했다.

그런 것이 고스란히 묻어나는 한마디였다.

"네."

서기종은 굳은 목소리로 짧게 대답했다. 그런 모습이 군마성주에게는 긴장한 것처럼 보였는지 옅은 미소만 지어 보였다.

하지만 서기종은 군마성주의 말은 크게 신경 쓰지 않은 채 다른 생각을 하고 있었다.

'쉽게 죽지 않을 거라 믿는다. 나타나라. 너와 검을 섞을 순간만 기다리고 있다.'

상천을 만날 수 있을 거라는, 근거를 알 수 없는 믿음 섞인 혼잣말을 속으로 중얼거리며 서기종은 묵묵히 발걸음을 옮겼다.

은남도문의 정문에서 약 이 리 정도 떨어진 곳.

군마성 무리는 그곳에 멈춰 서 있었다. 군마성주의 명령에 의한 것이었지만 군마성 무인들은 마치 성난 소가 투레질 하듯 당장이라도 은남도문을 향해 달려들 것 같은 기세를 보였다.

군마성주는 말없이 은남도문을 바라보았다.

마지막 싸움.

그와 동시에 새로운 출발을 알릴 싸움이 시작되기 직전이었다.

꿈에 그려왔던 순간.

군마성주는 차오르는 묘한 흥분을 가라앉히며 작게 심호흡을 했다.

"가라."

"쿠와아아!"

두두두두두!

군마성주의 짧은 한마디에 군마성 무인들이 괴성을 지르며 앞으로 튀어나갔다.

지축을 울리는 소리가 이 리 밖에 떨어져 있는 은남도문까지도 생생하게 전달될 정도였다.

"다들 준비하라!"

가백현의 외침에 은남도문 무인들의 눈빛이 날카롭게 빛났다.

오기만 해봐라.

그들은 눈빛으로 그렇게 말하고 있었다.

광기를 내비치며 미친 듯이 달린 군마성 무인들은 순식간에 이 리의 거리를 좁혀 은남도문의 코앞에 당도했다.

꽈과광!

그러더니 미친 듯이 자신들의 무기로 은남도문의 정문을 내려찍기 시작했다. 상당한 충격이 전달되었지만 지난 며칠 간의 고생이 헛되지 않았는지 정문은 제법 잘 버티고 있었다.

"지금이다!"

쏴아아아!

가백현의 외침에 은남도문의 정문 위쪽 망루에 있던 무인들이 일제히 끓는 기름을 붓기 시작했다.

"크아악!"

아무리 괴물 같은 군마성 무인들이라고는 하지만 끓는 기름이 머리 위로 떨어지는데 버틸 재간은 없었다.

비명을 지르며 은남도문의 정문에서 멀어진 군마성 무인들은 이내 서로의 어깨를 밟으며 벽을 타고 오르기 시작했다.

"계속 부어라!"

쏴아아아!

은남도문 무인들은 계속해서 끓는 기름을 부었다. 그에 군마성 무인들은 쉽게 벽을 타고 오르지 못하고 무너지기를 반복했다.

그 광경을 멀리서 바라보고 있는 군마성주의 얼굴에는 살짝 인상이 찌푸려져 있었다.

결국에는 무너질 은남도문이지만 그 짧은 시간 동안 제법 많은 준비를 해 생각보다 많은 피해를 입을 것이라는 생각 때문이었다.

이번 싸움은 빠른 시간 안에 최소한의 피해로 최대한의 타격을 입힐 생각이었으나 전면 수정해야 할 것 같았다.

"귀령대주."

"예."

"처리해."

"알겠습니다."

군마성주의 곁에 서서 아직 나서지 않고 있던 귀령대주가 명령을 받고 바로 움직였다.

그 한 명 나선다고 크게 달라질 것 같지 않은 상황이었지만 귀령대주는 아무런 말없이 명령에 따랐다.

은남도문의 끓는 기름 공격에 군마성 무인들은 은남도문의 벽과 정문에서 조금 떨어져 위쪽을 노려보기만 하고 있을 뿐이었다.

반면 벽 위에서 군마성 무인들을 바라보는 은남도문 무인들의 표정에는 자신감과 함께 안도감이 살짝 번져 있었다.

천천히 걸어가던 귀령대주가 서서히 뛰기 시작했다.

점차 속도가 빨라지기 시작하더니 이내 군마성 무인들과의 거리를 좁혔고 그 탄력을 이용해 허공으로 뛰어 올랐다.

탁! 탁! 탁! 탁!

귀령대주가 가볍게 군마성 무인들의 어깨를 밟고 앞으로

나아갔다.

타앗!

그리고 마지막으로 가장 앞에 있는 군마성 무인의 어깨를 박차고 뛰어오른 귀령대주는 어느새 은남도문의 성벽 위에 있었다.

신기에 가까운 경공으로 벽을 올라온 귀령대주의 등장에 은남도문 무인들은 순간 아무런 반응도 하지 못하고 있었다.

그리고 그 틈을 귀령대주는 놓치지 않았다.

스윽!

서걱!

"크악!"

순식간에 자신과 가장 가까이에 있는 은남도문 무인을 베어 넘긴 귀령대주는 그것을 시작으로 쉴 새 없이 검을 휘두르기 시작했다.

"으악!"

"컥!"

귀령대주는 거칠 것이 없었다. 눈앞에 보이는 은남도문 무사들을 마치 벌레 잡듯 손쉽게 베어 넘겼다. 벽 위의 공간이 좁다는 것도 그가 은남도문 무인들을 상대하기 편한 상황을 만들어주고 있었다.

벽 위에서 귀령대주가 혼란을 만드는 틈을 타 군마성 무인들이 다시금 벽을 타고 오르기 시작했다.

"내가 가지."

그렇게 말한 나군천이 나서려 할 때 먼저 나선 사람이 있었다.

바로 풍신현이었다.

몸이 근질근질하던 차에 나타난 강적. 나서지 않을 이유가 없었다.

그런 풍신현의 모습에 나군천이 피식 웃었다. 하지만 그렇게 웃고 있을 정도로 상황이 여유가 있지는 않았다.

군마성 무인들이 벽을 기어오르고 있는 상황이었지만 그들을 막을 은남도문 무인들은 귀령대주에게 유린당하고 있었다.

"어쨌든 나서야겠군."

그렇게 말하며 나군천이 자신의 도를 움켜쥐고 성큼성큼 걸어갔다.

귀령대주가 휩쓸고 지나간 자리에 도착한 나군천은 때마침 벽 위로 고개를 내민 군마성 무인과 눈이 마주쳤다.

씨익.

그를 향해 미소를 지어보인 나군천이 주저하지 않고 도를 휘둘렀다.

서걱!

벽 위로 올라왔던 군마성 무인의 목은 나군천의 도에 의해 다시 벽 아래로 떨어졌다.

하지만 군마성 무인들은 우후죽순처럼 벽 위로 고개를 내밀고 있었다.

그에 나군천의 도가 더욱 빠르게 움직였다. 하지만 그 속도를 군마성 무인들이 기어 올라오는 속도를 따라가기에는 역부족이었다.

어느새 나군천 주변에는 은남도문 무인들이 아닌 군마성 무인들로 채워지기 시작했다.

나군천의 표정이 점차 사나워지기 시작했고 그가 휘두르는 도의 위력도 점차 강해지기 시작했다.

그것이 신호탄이 되었을까.

아래에서 잠시 전열을 가다듬고 있던 군마성 무인들이 다시금 정문 쪽을 공략하기 시작했다.

끓는 기름을 뿌려도 소용없었다.

그 자리를 다른 무인들이 채웠고 계속해서 정문을 두들겨댔다.

꽈광! 꽈광! 꽈과광!

아직까지는 잘 버티고 있는 정문이었지만 이대로 가다가는 언제 정문도 뚫릴지 알 수 없었다.

가백현의 표정이 점차 굳어가고 있었다.

    *   *   *

조금 더 속도를 높여 은남도문으로 향하던 상천의 표정이
어느 순간 딱딱하게 굳었다.

빗나가길 바랐던 불길한 예감이 적중했다는 느낌이 강하
게 들었기 때문이었다. 단순한 예감이 아니라 주변의 공기가
알려주고 있었다.

"아무래도 속도를 더 올려야 할 것 같소."

상천의 말에 녹엽과 낭호, 화룡도 상황이 심상치 않다는 것
을 알 수 있었다.

"괜찮겠소?"

"우리는 신경 쓰지 말고 먼저 가십시오. 지금 은남도문 쪽
에는 고수 한 명이 아쉬울 겁니다."

낭호의 말에 상천은 고개를 끄덕였다.

"그럼 먼저 가겠소. 너무 빨리 도착하려고 무리하지는 마
시오. 화룡."

"걱정 마세요."

"아닙니다. 화룡도 우리 신경 쓰지 말고 서둘러 가는 게 좋
을 듯싶습니다."

낭호는 현 상황을 최대한 냉철하게 판단하고 있었다. 짐까

지는 아니지만 지금으로써는 큰 도움이 되지 않는 상황이었
다.

그렇다면 지금 일행 중 은남도문에 직접적인 도움을 줄 수
있는 사람은 상천과 화룡 정도.

한 명이 아쉬운 상황이라면 두 사람을 먼저 보내는 것이 당
연했다.

"따라올 수 있겠소?"

"저 신경 쓰지 마세요. 너무 뒤처지지 않을 정도로 따라갈
게요."

화룡의 대답에 고개를 끄덕인 상천이 녹엽과 낭호에게로
시선을 돌렸다.

"먼저 가겠소."

"그러십시오. 저희도 부지런히 뒤따라가겠습니다."

상천을 안심시키려는 듯 낭호가 목소리에 힘을 주어 말했
다. 그에 고개를 한 차례 끄덕인 상천이 빠르게 앞으로 달려
갔고 곧장 화룡도 뒤따라 달렸다.

"후… 괜히 따라왔나?"

순식간에 멀어지는 두 사람의 뒷모습을 보며 녹엽이 한탄
하듯 중얼거렸다.

은남도문으로 향하는 상천의 속도는 더욱 빨라졌다.

처음에는 뒤따르는 화룡을 어느 정도 의식했지만 시간이 갈수록 두 사람의 거리는 점점 벌어지고 있었다.

화룡은 그런 상천에게 뭐라 소리치고 싶었지만 이내 포기했다. 그녀의 목소리가 닿기에는 이미 상천이 너무 멀어졌기 때문이었다.

그것도 모르고 그저 앞만 보고 달리는 상천의 머릿속에는 한시라도 빨리 은남도문에 도착해야 한다는 사실뿐이었다.

자신이 도착한다고 해서 판도가 크게 달라질 것이라는 생각은 하지 않았다. 그만큼 자신의 실력을 과신하고 있지도 않았다.

하지만 어쨌든 반월도문에게서는 많은 도움을 받았던 것도 있고 백룡문이 성장하기 위해서는 어떤 식으로든 군마성의 손에 사도련이 무너지는 것을 막아야 했다.

오로지 그 생각 하나로 상천은 내력을 다리에 집중해 속도를 더욱 올렸다.

*　　*　　*

고수 한 명이 판도를 뒤바꿀 수 있음을 귀령대주가 몸소 보여주었다.

물론 재빨리 풍신현이 나서면서 혼란을 일으킨 시간이 길지는 않았지만 그것만으로도 충분했다.

그사이 군마성 무인들은 은남도문의 벽을 타고 오르기 시작했다. 절대 틈을 주지 않을 것 같던 은남도문의 방어벽은 너무 쉽게 금이 가기 시작했다.

정문을 부수려던 군마성 무인들은 방법을 바꿔 다른 방식으로 공략하기 시작했다.

벽을 타고 오를 때처럼 서로를 발판 삼아 정문을 뒤덮었다. 정문을 부수기보다는 힘으로 밀어 넘어뜨리겠다는 심산이었다.

그리고 그 방법은 효과를 보았다.

정문을 지탱하고 있는 경첩에도 신경을 쓰기는 했지만 아무래도 상대적으로 약한 부위가 아닐 수 없었다.

그러다 보니 강한 무게가 한 쪽으로 쏠리니 경첩이 한계 상황에 다다라 있었다.

"어떠냐. 이게 고수 한 명의 힘이다. 그리고 너도 충분히 할 수 있는 일이지."

먼발치에서 그것을 바라보고 있던 군마성주가 곁에 서 있는 서기종에게 말했다. 서기종은 아무런 대답 없이 살짝 고개를 숙인 채 묵묵히 그의 이야기를 듣고만 있었다.

"해보겠느냐?"

군마성주의 말에 서기종이 고개를 들어 그를 바라보았다.

순간 할 수 있을까? 하는 생각이 스쳐 지나갔다. 하지만 말 그대로 스쳐 지나간 것일 뿐, 그의 고개는 이미 끄덕이고 있었다.

"그래. 가라."

"네."

짧게 대답한 서기종이 발걸음을 옮겼다. 조금의 표정 변화도 없이 발걸음을 옮기던 서기종이 순간 지면을 박차고 앞으로 튀어나갔다.

귀령대주보다 빠른 속도.

가히 바람과 같이 달려 나간 서기종은 무사들의 어깨를 밟지 않고 그대로 바닥을 힘차게 내딛었다.

날아오른다는 표현이 딱 맞아 떨어지는 모습이었다.

힘차게 발을 굴러 땅을 박찬 서기종은 단번에 성벽 위에 내려앉았다.

성벽 위에 오른 서기종은 지체하지 않고 몸을 움직였다.

그의 검이 춤을 추기 시작했고 은남도문 무사들은 추풍낙엽처럼 허물어질 뿐이었다.

서기종의 입가에 점차 미소가 번지기 시작했다.

지금껏 자신이 익혀왔던 검법이 완성된 형태로 구현되고 있었다.

군마성주와 재회하기 전까지는 그저 답답하고 생각했던

대로 되지 않던 초식들이 자신이 생각하기도 전에 먼저 펼쳐졌다.

마치 생명이 있어 살아 움직이는 것같이.

그것이 가져다주는 희열은 이루 말할 수 없을 정도로 컸다.

그리고 그것은 일말의 죄책감도 없이 검을 휘두를 수 있는 원동력이 되고 있었다.

가백현이 자신의 도를 들고 움직였다.

딱 일합.

단 한 번의 부딪침이었지만 그것이 가져다준 울림은 컸다.

전혀 알려지지 않은 강자의 등장에 흥분과 긴장, 두려움이 공존했다.

실로 오랜만에 그런 기분을 느끼게 해준 상대가 눈앞에 나타났는데 움직이지 않을 이유가 없었다.

서서히 기도를 끌어 올리며 가백현도 자신의 도를 들고 서기종을 향해 성큼성큼 걸어갔다.

서기종은 정신없이 검을 휘두르고 있었다.

그 때문인지 은남도문 무사들은 그에게 제대로 접근도 하지 못하고 쓰러지고 있었다.

저벅저벅 걸어간 가백현이 순식간에 기도를 끌어 올려 도에 집중시킨 뒤 있는 힘껏 휘둘렀다.

부웅!

초식도 없었다. 속된 말로 그냥 냅다 휘두르는 수준이었다. 하지만 결코 무시할 수 없는 힘이 그 안에 가득 담겨 있었다.

시선을 두고 있진 않았지만 기도만으로도 누군가 다가왔다는 것을 느낀 서기종은 가백현의 일격에 재빨리 몸을 피하며 검을 들어 가백현의 도를 막았다.

'음……'

생각보다 묵직한 가백현의 일격에 서기종이 속으로 약한 신음을 흘렸다.

검이 부러지지 않은 것이 다행일 정도의 일격이었다.

"오호. 이번에도 막았단 말이지."

가백현이 쓴웃음을 흘리며 중얼거렸다. 그리고는 도를 거둬들이고는 서기종이 일어서길 기다렸다.

서기종이 천천히 몸을 일으켰다.

그리고는 특유의 무심하고 침착한 표정으로 가백현을 바라보았다.

"어디서 이런 게 튀어나왔을까."

가백현이 신기하다는 듯 서기종을 바라보며 말했다. 잠시 동안 서기종을 빤히 바라보던 가백현이 질문을 던졌다.

"군마성주와는 무슨 관계지?"

"제자."

서기종이 짧게 대답했다. 가백현과 검을 맞대고 말을 섞는다는 것은 생각도 해본 적이 없었다.

그런 서기종에게 지금 이 순간은 꿈같은 순간이었다. 그러다 보니 심장이 터질 듯 뛰고 있었다.

그런 것을 최대한 내색하지 않기 위해 짧게 대답한 것이었지만 가백현이 듣기에는 거북할 수밖에 없었다.

"말도 짧군."

"적이니까."

서기종이 당당하게 어깨를 펴고 답했다. 그에 인상을 찌푸렸던 가백현도 피식 웃으며 말했다.

"군마성주가 제자를 제대로 키웠군. 그러니 더 싹을 잘라야겠어."

그와 동시에 가백현의 얼굴이 딱딱하게 굳었다. 그리고는 다시금 내력을 끌어 올리기 시작했다.

단순히 대화를 나눌 때에도 거대한 존재감이 느껴지는 가백현이었지만 내력을 끌어 올리니 더욱 압도적인 존재감이 서기종의 전신을 압박했다.

그에 침을 한 번 삼킨 서기종도 내력을 끌어 올렸다. 그러자 점차 빠르게 뛰던 심장이 안정되기 시작했다.

'위험한 놈이다. 군마성주가 죽어도 이런 제자가 있다면

언제든 다시 일어서겠지.'

가백현은 서기종을 높이 평가하고 있었다. 그런 그가 한 대
무투대회를 전전하던 삼류 무사였다는 것은 꿈에도 생각지
못하고 있었다.

"와라. 은남도문의 무공을, 이 가백현의 무위를 보여주마."

좁은 성벽 위에서 마주 선 두 사람.

한 줄기 바람이 두 사람의 머리카락을 흐트러뜨리고 지나
갔다.

끼기긱! 끼기긱!

경첩이 한계에 다다른 듯 요란한 비명을 질러댔다. 금방이
라도 쓰러질 것 같은 정문을 바라보며 은남도문 무사들과 반
월도문 무사들은 긴장된 표정을 짓고 있었다.

끼기기긱!!

쿠웅―!

결국 정문이 쓰러졌다.

고막을 울리는 거대한 소음과 함께 보얀 흙먼지가 주변을
감쌌다.

정문을 바라보며 서 있던 은남도문과 반월도문 무사들은
도를 고쳐 잡으며 흙먼지 뒤쪽을 바라보았다.

먼지 때문에 눈이 따가웠지만 언제 적들이 밀고 들어올지

몰라 아픈 눈을 부릅뜨고 있었다.

흙먼지는 가라앉을 줄을 몰랐다.

시야는 확보가 안 되고 있었지만 소리만큼은 또렷이 들렸다.

점점 가까워오는 발걸음 소리.

그 소리가 지척에 다가왔을 때 은남도문과 반월도문 무사들이 먼저 치고 나갔다.

순식간에 주변을 병장기 소리가 뒤덮었다.

"크악!"

"캬악!"

채채채쳉!

서걱!

무언가가 잘려 나가는 소리와 금속성, 그리고 비명이 뒤섞여 도저히 듣고 있기 어려운 소음을 만들어내기 시작했다.

그런 와중에 정문 밖에서는 다른 일이 벌어지고 있었다.

정문을 무너뜨렸음에도 안으로 들어가지 않은 군마성 무인들이 은남도문의 정문 위쪽에 달린 현판을 뜯어내기 위해 다시금 탑을 쌓고 있었다.

정문 위쪽 망루에 있는 은남도문 무인들이 기를 쓰고 그것을 막으려 했지만 역부족이었다.

그리고 결국 탑 정상까지 오른 군마성 무인 한 명이 현판을 잡고 힘껏 잡아당겼다.

드드드득!

얼마나 힘을 주었는지 단단하게 붙여놓은 현판이 부서질 듯한 소리를 내며 떨어지기 시작했다.

쒜에에엑!

그때.

날카로운 파공음이 들리더니 현판을 잡아떼려던 군마성 무인의 목이 몸통과 분리되었다.

터엉ㅡ!

군마성 무인의 목을 뚫고 날아온 검은 그대로 은남도문의 현판에 박힌 채 심하게 요동쳤다.

그에 떨어지려던 현판은 원래 있던 자리에 다시금 단단히 고정되었다.

현판을 고정시킨 검은 다름 아닌 비호의 검이었다.

군마성 무인들의 시선이 뒤쪽으로 향했다.

그곳에는 무서운 기세로 달려오고 있는 상천의 모습이 보였다.

상천의 눈빛은 차가웠다.

적어도 그는 현판이 가지는 무거운 의미를 너무나 잘 알고 있는 사람 중 한 명이었다.

그런 상천의 눈에 은남도문의 현판을 떼어내려는 군마성

무사의 모습이 들어왔고 제법 먼 거리임에도 지체하지 않고 지니고 있던 검을 던졌던 것이다.

무기인 검을 던져 버린 상천은 전혀 개의치 않고 빠르게 앞으로 달려 나갔다.

그런 그를 향해 군마성 무인들이 맹렬한 기세로 달려들기 시작했다.

퍽! 퍼퍼퍽!

어느새 상천은 주먹을 쥔 채 자신을 향해 불나방처럼 달려드는 군마성 무인들을 가격하기 시작했다.

오랜만에 펼쳐지는 백룡권.

그간 검법을 주로 사용한 탓에 모습을 드러낼 일이 거의 없었던 백룡문의 백룡권이 펼쳐지기 시작한 것이다.

유려하게 펼쳐지는 천유보와 백룡권의 궁합은 환상적이었다.

"죽지 않았을 줄 알았지."

성벽 위의 군마성 무인들을 상대하던 나군천이 상천의 모습을 보며 미소를 지었다. 하지만 그런 감상에 젖어 있을 틈이 없었다.

정문이 뚫렸으니 은남도문 안으로 군마성 무인들이 개떼처럼 밀려들어 오는 것은 시간 문제였다.

"회포는 나중에 푸는 거로."

그렇게 중얼거린 나군천이 훌쩍 성벽 아래로 몸을 던졌다.

쩌엉—!

가백현의 도와 서기종의 검이 또다시 허공에서 부딪쳤다.
벌써 수십 합을 나눴지만 둘 다 서로의 옷깃도 스치지 못했
다.

가백현과 서기종은 서로를 상대하며 속으로 감탄하고 있
었다.

피아를 넘어 이런 무인과 상대할 수 있다는 것은 축복에 가
까운 일이었다.

그 순간.

서기종의 눈빛이 달라졌다.

반가움과 조급함이 교차하는 눈빛이었다.

'역시. 왔나.'

상천의 기도를 느낀 서기종의 입가에 언뜻 미소가 번졌다.
가백현을 상대하는 동안 약간의 표정 변화도 없던 그였다.

'기다려라. 곧 간다.'

서기종이 더욱 내력을 끌어 올리기 시작했다.

그런 서기종의 변화를 가백현이 알아차리지 못할 리 없었
다.

'힘을 아껴두고 있던 건가.'

가백현은 자존심이 상했다. 서기종이 강하다는 것은 안다. 하지만 군마성주도 아니고 그의 제자가 사도련의 수장인 자신을 상대로 힘을 아껴두고 있었다는 것 자체가 받아들일 수 없는 일이었다.

가백현의 표정이 사나워졌다.

꽈릉!

가백현의 도에 실린 내력이 더욱 강해졌다. 처음으로 그의 도에서 폭음이 터져 나왔다.

하지만 서기종은 그런 가백현의 공격도 무리 없이 받아내고 있었다.

콰콰쾅!

가백현의 도와 서기종의 검이 맞부딪쳐 요란한 소음을 만들어내었다.

맞닿은 검과 도 사이로 가백현과 서기종은 서로를 노려보았다.

"힘을 아껴두다니. 괘씸하군."

"그건 그대도 마찬가지 아니오?"

"본인을 나와 같은 급으로 생각하고 있다니."

차분하게 말하는 듯했지만 가백현의 목소리는 분노에 미약하게 떨리고 있었다.

"미안한 일이지만 얼른 끝내야 할 것 같소. 기다리던 사람이 도착해서."

서기종의 말에 가백현의 눈썹이 꿈틀거렸다. 명백히 자신을 무시하는 발언. 그의 얼굴이 사나워졌다.

상천의 등장은 군마성의 기세를 흔들어놓기에 충분했다.

군마성주가 말한 고수 한 명의 위력.

이미 귀령대주가 한 차례 보여주기는 했지만 그것의 표본이 바로 상천이었다.

이를 지켜보는 군마성주의 눈빛이 차가워져 있었다.

물론 아직 군마성의 장로급 고수들이 나서지 않은 상태이기 때문에 언제든 전세를 역전시킬 수 있는 여지가 남아 있었다.

하지만 지금 이 상황이 불만족스러운 것은 어쩔 수 없었다.

"저놈이구나. 그 아이가 기다리던 놈이."

그렇게 중얼거린 군마성주는 상천의 움직임을 놓치지 않으려는 듯 안력을 돋워 그를 바라보았다.

"저놈이 군마성 삼대 도법을 깨뜨린 놈인가."

그렇게 말한 군마성주는 인상을 찌푸렸다. 보이는 나이에 비해 실력이 대단하긴 하지만 그 정도로 보이지는 않았기 때문이었다.

"머저리 같은 놈들."

그렇기에 가룽과 장무진, 장세진의 죽음에 더욱 화가 나는 군마성주였다.

"이쯤에서 제자 녀석 소원 한번 들어주는 것도 좋겠지."

그렇게 중얼거린 군마성주가 뒤쪽에 서 있는 일 장로 여상을 바라보았다.

"바꿔줘."

"알겠습니다."

그렇게 말한 여상이 가백현과 치열한 전투를 벌이고 있는 서기종이 있는 쪽으로 빠르게 쏘아져 나갔다.

빠르면서 위력적인 공격을 주고받는 서기종과 가백현은 계속해서 숨 쉴 틈도 없이 서로를 몰아치고 있었다.

반응이 조금만 늦어도 어디 한 군데 잘려 나갈 아슬아슬한 상황이 계속되고 있지만 두 사람 모두 최고의 집중력을 발휘하고 있었다.

그때였다.

휘릭!

까강!

갑자기 나타난 누군가에 의해 가백현의 도와 서기종의 검이 막혀 버렸다.

도검이 살벌하게 교차하는 그 사이로 비집고 들어온다는

것도 대단한데 위력적인 공격을 손쉽게 막아버린 무위가 더욱 대단하게 느껴졌다.

하지만 가백현은 지금의 상황에 얼굴이 종잇장 구겨지듯 구겨져 있었다.

상대의 무위가 어떻고는 머릿속에 떠오르지 않았다. 오로지 자신의 싸움을 방해받았다는 사실에 짜증만 날 뿐이었다.

"소성주께서는 만날 분이 계시지요?"

여상이 서기종을 소성주라 불렀다. 다른 사람들은 아직 서기종을 군마성주의 후계로 인정하지 않고 있었지만 여상은 달랐다.

군마성주의 제자라면 후계는 당연한 것. 그렇다면 빨리 인정하고 받아들이는 것이 마음 편한 일이었다. 그리고 여상은 그런 쪽에서는 가장 빠른 인물이었다.

"우리 소성주께서 바쁜 일이 있어 대신 상대하러 왔소이다. 부족하겠지만 좀 봐주시구려."

여상이 미소를 지으며 살벌한 표정을 짓고 있는 가백현을 향해 말했다. 조롱은 아니었지만 가백현에게 여상의 말은 그렇게 들렸다.

"어서 가보십시오."

"고맙습니다."

"별 말씀을요."

그렇게 답하며 웃어 보이는 여상을 뒤로하고 서기종이 성벽을 훌쩍 뛰어내렸다.

"자, 계속하실까요?"

웃으며 말하는 여상을 보며 결국 가백현은 분노를 폭발시키고 말았다.

성벽 아래로 내려온 서기종은 잠시 숨을 골랐다.

드디어 만난다.

처음으로 질투를 느끼게 만든 존재를.

서기종이 천천히 발걸음을 옮겼다.

불을 보고 무작정 뛰어드는 불나방처럼 자신을 둘러싼 군마성 무인들 사이에서 주먹을 휘두르던 상천은 자신을 향해 다가오는 거대한 존재감에 침을 삼켰다.

그렇다고 해서 싸움을 멈출 수도 없는 노릇이었다.

일단은 최대한 이들이 은남도문 안쪽으로 밀고 들어가는 것을 막는 것이 우선이었다.

하지만 이내 상천은 주먹을 멈출 수밖에 없었다.

자신을 향해 달려들던 군마성 무인들이 공격을 멈추고 서서히 거리를 벌렸기 때문이었다.

'나야 좋지!'

그렇게 생각한 상천이 오히려 그들과의 거리를 좁히며 주먹을 뻗었다.

'헛!'

하지만 상천은 곧장 뻗었던 주먹을 회수할 수밖에 없었다. 갑자기 나타난 누군가가 검을 뻗었기 때문이었다.

주르륵!

주먹을 거둬들이며 다시 거리를 벌린 상천은 자신의 눈앞에 나타난 낯선 이를 바라보았다.

'누구지?'

자신과 나이 차이가 얼마 나 보이지 않는 사람이었다. 분명 처음 보는 사람. 하지만 익숙한 느낌이었다.

"오랜만이군."

"날 아시오?"

서기종의 말에 상천이 의아함을 가득 담아 물었다. 아무리 기억을 더듬어 봐도 눈앞에 있는 사람은 만난 적이 없었다.

"아주 잘 알지. 만나고 싶었다. 그리고 꼭 싸워보고 싶었고."

눈앞의 상대가 서기종이라는 것을 알 리 없는 상천에게 그의 말은 도통 알아들을 수 없는 말일 뿐이었다.

"아쉽군. 검이 없다니."

"검법만큼이나 권법도 강하오."

상천은 눈앞의 상대가 누구인지 더 이상 신경 쓰지 않기로 했다. 어쨌든 자신에게 검을 뻗었다는 것은 적이라는 뜻. 쓰러뜨리는 데에만 온 신경을 집중하기로 했다.

"있는 실력 모두 발휘하길 바란다. 죽지 않으려면. 그래야 백룡문도 살릴 수 있을 테니까."

서기종의 말에 상천의 얼굴이 딱딱하게 굳었다.

백룡문을 알고 있는 것이 이상할 일은 아니었다. 하지만 지금까지 그가 한 이야기를 종합해서 생각해 보면 백룡문까지 알고 있다는 것은 상대가 자신에 대해 상세하게 알고 있다는 뜻이었다.

"위험한 놈이군."

상천의 말이 짧아졌다. 그만큼 화가 난 상태라는 뜻이었다.

"죽기 살기로 해라. 네 식솔들을 지키려면."

서기종이 서늘한 목소리로 말했다.

第十章

계책

하지만 서기종과 상천의 싸움은 시작도 하지 못한 채 후일을 기약해야 했다.

그 이유는 다름 아닌 귀령대주와 여상 때문이었다.

풍신현과 대결을 벌인 귀령대주는 결국 목숨을 잃고 말았다. 그만큼 풍신현의 실력이 강했기 때문이다.

하지만 귀령대주 역시 쉽게 쓰러지지 않았다.

군마성 내에서도 손꼽히는 실력자인 만큼 풍신현을 죽음 직전까지 몰아쳤다.

귀령대주의 보법은 신묘했고 검은 날카로웠다.

쾌검이라 할 수 있을 정도로 빠르고 날카로운 검이었지만 그 안에 묵직함이 스며들어 있어 여간 까다로운 것이 아니었다.

산전수전 다 겪어봤다 할 수 있는 풍신현으로서도 상대하기가 녹록치 않았다.

다만 보법이나 움직임에 있어서는 풍신현이 조금 더 우위에 있었기에 거리를 좁히며 공격을 할 수 있었다.

검과 권의 싸움에서 가장 중요한 것이 얼마나 거리를 잘 유지할 수 있느냐인데 검을 사용하는 귀령대주가 풍신현에게 간격을 내주면서 결국 목숨을 잃은 것이다.

하지만 귀령대주를 쓰러뜨린 대가는 상당했다.

살을 주고 뼈를 깎지 않으면 결코 쓰러뜨릴 수 없다는 것을 깨달은 풍신현은 보법을 최대한 활용하여 공격 일변도의 권법을 펼쳐냈고 그 결과 왼쪽 팔을 잃는 치명상을 입고 말았다.

마지막 순간 자신의 왼 어깨를 내주며 귀령대주의 하단전에 꽂아 넣은 마지막 주먹이 결국엔 승부를 갈랐다.

무모해 보일 수 있는 공격이었기에 만약 그 한 수가 실패했다면 쓰러져 목숨을 잃은 사람은 귀령대주가 아닌 풍신현이었을 것이다.

귀령대주가 쓰러지고 얼마 지나지 않아 여상이 가백현의 도에 목숨을 잃었다.

여상은 귀령대주와 비등한 실력을 가진 자.

검법의 성향은 차이가 컸지만 둘 사이에는 큰 실력 차가 없었다.

그런 여상이 감당하기에는 가백현의 무위가 너무 뛰어났다.

서기종과의 싸움에서 약이 오를 대로 오른 가백현은 결국 여상에게 쌓인 분노를 폭발시켰고 여상은 가백현의 몸에 많은 자상을 남기기는 했지만 결국 목과 몸이 분리되며 목숨을 잃고 말았다.

나군천이 여상과 싸우면서 고전했던 것을 생각하면 가백현이 이끄는 은남도문이 왜 사도련의 수장 역할을 했는지 잘 알 수 있었다.

여상과 귀령대주의 죽음은 군마성에 있어서 상당한 피해였다. 물론 그만큼 은남도문이 입은 피해 역시 상당했지만 피부로 다가오는 충격은 군마성이 더 컸다.

결국 군마성주는 전군 후퇴를 명령할 수밖에 없었다.

마음 같아서는 자신이 직접 나서 치솟는 분노를 폭발시키고 싶었지만 중원을 생각하면 이럴 때일수록 더욱 침착해져야만 했다.

군마성주의 후퇴 명령이 떨어지자 서기종의 얼굴에는 진한 아쉬움이 묻어났다.

"아쉽군. 제대로 붙어볼 수 있는 좋은 기회였는데."

"마지막으로 묻지. 당신, 누구야."

"후후."

상천의 물음에 서기종은 대답 대신 웃어 보였다. 그에 상천의 얼굴은 더욱 차갑게 변해갔다.

"조만간 다시 보지. 그때 날 쓰러뜨린다면 자연스레 알게 될 테니."

그렇게 말한 서기종이 천천히 군마성주가 있는 쪽으로 발걸음을 돌렸다.

그 모습을 상천은 지켜볼 수밖에 없었다.

한바탕 치열했던 싸움이 끝난 은남도문은 말 그대로 난장판이었다.

여기저기서 비명이 난무했고 건물 곳곳은 부서져 있었다.

부상을 입지 않은 무인들은 피곤한 몸을 이끌고 부상자를 옮기고 치료하는 데 열중했다.

그 외 은남도문 내전에서 만일의 사태에 대비하고 있던 무인들은 서둘러 정문을 보수하는 데 총력을 기울였다.

서기종과 헤어진 상천도 천천히 은남도문으로 향했다.

이미 상천이 나타나 군마성 무인들을 상대하는 모습을 본 은남도문 무인들이 저마다 고개를 숙여 상천을 맞이했다.

비록 한 번도 본 적 없고 나이도 어렸지만 강자에게 보이는 존경의 표시였다.

낯선 대우에 어색해하던 상천이 정문 앞에 서서 위를 올려다보았다. 그의 시선에 떨어지지 않고 붙어 있는 은남도문의 현판이 보였다.

상천이 던진 검은 누군가가 수거했는지 보이지 않았다.

"역시. 살아 있을 줄 알았지."

그런 상천에게 다가온 사람은 나군천이었다. 환하게 웃으며 다가오는 그의 손에는 현판에 박혀 있던 상천의 검이 들려 있었다.

"무사하셨군요."

"내 목숨이 생각보다 질기다네. 여기, 자네 검."

"감사합니다."

인사와 함께 상천이 나군천으로부터 검을 받아 들었다.

"대단하군. 무인이 자신의 무기를 집어 던질 생각을 하다니. 현판이야 떨어지면 다시 만들어 붙이면 되는 것을."

"현판이 얼마나 중요한지 잘 알고 있으니까요."

상천의 말에 나군천이 피식 웃어 보였다.

자세히는 듣지 못했지만 상천이 백룡문을 일으켜 세우기 위해 노력하고 있다는 것 정도는 알고 있었다.

그렇기 때문에 더더욱 현판이 떨어지는 것을 그냥 두고 보지 못했으리라.

"들어가세. 가 문주가 목이 빠져라 기다리고 있으니."

"아, 제 일행이 머지않아 도착할 겁니다."

"알겠네. 미리 일러두지. 어서 들어가세나."

나군천의 말에 슬쩍 현판을 다시 한 번 올려다 본 상천이 은남도문 안으로 발걸음을 옮겼다.

"어서 오시게. 나 문주에게 얘기 많이 들었네."

"상천입니다."

나군천의 말대로 가백현은 상천을 굉장히 반갑게 맞았다. 그에 상천이 공손하게 인사했다.

"앉으시게. 워낙 정신없는 상황이라 제대로 대접하지 못하는 점, 양해 바라네."

"괜찮습니다."

"앉지."

상천은 가백현 나군천 등과 마주보고 앉았다. 처음 나군천과 자리를 함께할 때만큼이나 이상한 기분이 들었다.

"나 문주 이 친구가 그렇게 칭찬을 하더군. 실력이 상당하다고."

"부족한 것이 많습니다. 그저 저를 좋게 봐주서서 그렇지요."

상천의 말에 가백현이 미소를 지었다. 짧은 대화 몇 마디 나눈 것뿐이지만 성품도 좋아 보였다.

"아직 젊은 나이에 그 정도 실력이면 대단한 거지. 나도 그렇고 나 문주도 그렇고 백룡문주 나이 대에 그 정도 실력에 한참 못 미쳤다네."

"못 봐줄 정도였지."

나군천의 말에 가백현이 실소를 흘렸다. 옛 생각을 하니 절로 웃음이 난 것이다.

한바탕 태풍이 몰아쳤지만 두 사람에게는 아직 웃을 여유가 있어 보였다. 아마도 귀령대주와 여상이라는 거물급 고수를 쓰러뜨린 것이 가장 큰 이유인 듯 보였다.

"그래, 비밀통로에서 빠져 나온 후 어떻게 되었나? 물론 뭐 이렇게 멀쩡히 돌아올 걸 알고는 있었지만."

"별일 없었습니다. 그냥 부상을 좀 입어서 백룡문에 가 있었습니다."

"그랬군. 문도들은 잘 있고?"

"예. 잘 있습니다."

상천의 대답에 가백현이 무언가 생각난 듯 물었다.

"합산도문의 여식도 백룡문에 있다고 들었는데."

"예. 잘 있습니다."

"그렇군. 상황이 이렇게 되니 더 미안해지는군."

가백현의 말에 나군천도 고개를 끄덕였다.

아버지와 오라버니들을 모두 잃은. 세상에 홀로 남겨진 장여진을 생각하니 두 사람은 마음이 무거워졌다.

"차후에 도울 일이 있으면 무엇이든 말하게."

"그러겠습니다."

가백현의 말에 상천이 미소와 함께 답했다.

"그전에 저 버러지들을 어떻게 처리할지부터 고민해 보고. 무당에서 지원이 도착하려면 얼마나 남았지?"

"아직 열흘은 더 있어야겠지."

가백현의 대답에 나군천이 어두운 표정으로 고개를 끄덕였다. 아무리 무당이 있는 호북성이 가장 가깝다고는 하지만 워낙 땅덩어리가 크다 보니 빨리 달려도 시간이 오래 걸릴 수밖에 없었다.

"오늘 하루는 어떻게 해서든 버텼어야 했는데."

가백현이 나직이 중얼거렸다. 만반의 준비를 했다고 생각했지만 단 몇 시진 만에 정문이 뚫리고 성벽을 내주고 말았다.

그만큼 준비가 부족했던 것도 있지만 생각보다 군마성의 전력이 강하다는 뜻이기도 했다.

"버틸 수 있을까."

가백현이 나직이 중얼거렸다.

첫 전투를 끝낸 군마성 진영에는 살벌한 기운이 감돌았다.

군마성주의 분노가 제법 컸기 때문이었다. 모두가 그의 눈치를 보며 조심스레 행동할 뿐이었다.

서기종은 마음이 무거웠다.

상천과 상대하고자 하는 자신의 욕심 때문에 여상과 귀령대주가 목숨을 잃은 것 같았다. 물론 귀령대주야 어쩔 수 없었다 쳐도 여상은 자신 때문에 죽은 것 같다는 생각이 들었다.

"피해는."

"제법… 큽니다."

"정확한 숫자를 얘기하라."

"오십여 명이 목숨을 잃었고 팔십 명 정도가 부상을 입었습니다."

이 장로의 보고에 군마성주가 인상을 찌푸렸다.

그 정도 피해를 입고 은남도문을 무너뜨렸다면 속이 쓰려도 넘어갈 수 있었다.

하지만 은남도문을 무너뜨리지도 못했고 여상과 귀령대주를 잃었다.

어마어마한 피해를 입고도 적을 궤멸시키지 못했다는 사실에 군마성주는 큰 분노를 느끼고 있었다.

"우리 군마성이 고작 이 정도였나?"

군마성주의 말에 아무도 쉽게 대답하지 못했다. 아무리 적의 반항이 거세다고는 하지만 중원을 노리는 군마성 입장에서 고작 사도련을 집어삼키는 데 고전한다는 것은 변명의 여지없이 자신들의 잘못이었다.

"최대한 빨리 수습하라. 이번엔 내가 직접 선두에 설 것이다."

군마성주의 말에 이 장로는 놀란 표정을 지었다. 하지만 이내 고개를 숙이며 짧게 대답했다.

"네."

*   *   *

상천과 떨어진 화룡은 발걸음을 멈추고 녹엽과 낭호를 기다렸다. 부지런히 걷고 또 걸은 두 사람은 자신들을 기다리고 있는 그녀를 반가워하며 은남도문까지의 발걸음을 재촉했다.

세 사람이 은남도문에 도착한 것은 상천이 도착하고 이틀이 지난 후였다. 어느 정도 사태 수습이 끝난 상태에서 도착했기에 크게 어수선한 분위기는 아니었다.

"여기가 은남도문이구만. 여기를 다 와보고 출세했네."

은남도문의 거대한 모습을 본 녹엽이 중얼거렸다. 그에 낭호 역시 동감한다는 듯 작게 고개를 끄덕였다.

"어떻게 오셨습니까?"

그런 그들에게 정문을 보수하고 있던 은남도문 무사 한 명이 다가와 물었다.

"아, 저 우리 문주님이 이곳에 오셨는데……."

"백룡문에서 오셨습니까?"

녹엽의 말에 은남도문의 무사가 알겠다는 듯 답했다. 미리 언질을 받았기 때문에 바로 알아본 것이다.

"네. 맞아요. 백룡문에서 왔어요. 문주님은 도착하셨나요?"

녹엽과 낭호보다는 사도련 무인들과 마주할 기회가 많았던 화룡이 나서서 물었다.

"그렇습니다. 들어오시지요. 모시겠습니다."

은남도문의 무사가 세 사람에게 예를 갖추며 말했다. 기본적으로 은남도문을 찾은 손님이기 때문에 그런 것도 있었지만 이렇게 극진한 예를 보이는 데에는 상천의 역할도 컸다.

은남도문 무인의 안내를 받아 세 사람은 곧장 상천이 쉬고 있는 방으로 향했다.

"문주님, 일행 분들 오셨습니다."

그 말에 방문이 열리고 상천이 모습을 드러냈다. 그리고는 세 사람을 보자마자 환한 표정을 지었다.

"고생 많았소. 앉으시오."

상천이 세 사람을 방으로 들여 자리를 권했다. 먼 길 오느라 지친 세 사람은 의자에 그대로 털썩 주저앉았다.

"별일 없었소?"

"네. 없었습니다."

상천의 물음에 낭호가 답했다.

"이곳도 큰일은 없었던 모양입니다? 생각보다 멀쩡한 걸 보니."

녹엽의 물음에 상천이 고개를 저었다. 그리고는 자신이 도착했을 때의 상황을 간략하게 설명했다.

그러자 녹엽과 낭호, 화룡은 놀란 듯 넋을 잃은 표정을 지었다.

"우리가 빨리 왔으면 진짜 짐짝이었겠구만."

녹엽이 고개를 절레절레 흔들며 말했다. 그러자 화룡도 고개를 끄덕이고는 입을 열었다.

"생각보다 수습이 빠르군요."

"언제 저들이 또 움직일지 모르니."

상천의 대답에 이번에는 낭호가 물었다.

"다음 대비책은 있답니까?"

"일단은 버티는 게 최선인 모양이오. 무당에서 지원이 오고는 있다는데 시간이 좀 걸릴 것 같고."

"흠……."

상천의 대답에 낭호가 작게 한숨을 내쉬었다. 그때 녹엽이 툭 던지듯 한마디 했다.

"이럴 땐 개싸움보다는 그 방법이 더 좋을 수 있는데."

그 한마디에 상천을 비롯한 나머지 세 사람의 시선이 일제히 녹엽에게로 쏠렸다.

갑작스런 주목에 당황한 녹엽이 어색한 미소를 짓더니 낭호에게 말을 걸었다.

"그 방법 있잖아. 무투대회에서 자주 보던 거."

"아."

녹엽의 말에 낭호도 무엇인지 알겠다는 듯 고개를 끄덕였다.

반면 짧게나마 무투대회를 경험해 본 상천이지만 두 사람의 이야기는 무슨 말인지 모르겠다는 듯한 표정이었다.

그에 낭호가 입을 열었다.

"문주님께서 보고 겪은 무투대회는 겉핥기일 뿐입니다. 무투대회를 둘러싸고 수많은 내기가 이뤄지죠."

"그건 알고 있소."

상천의 말에 낭호가 고개를 끄덕였다.

"그런데 그게 단순히 돈내기뿐만이 아닙니다. 무투대회가 열릴 때면 서로 앙숙인 세력들도 거대한 무언가를 걸고 내기를 하죠."

"거대한… 무언가?"

"예. 거대한 무언가. 바로 서로의 세력에 있는 무언가를 걸고 하는 겁니다. 사람이 될 수도 있고 기방이 될 수도 있고 객점이 될 수도 있고."

낭호의 말에 상천은 아무런 말도 하지 않고 고개만 끄덕였다. 무공 실력이 높아지고 강호 경험이 많아진 상천이었지만 그런 밑바닥 사정까지 다 알지는 못하는 그였다.

"쉽게 말하면 땅따먹기라는 거죠. 내가 내세운 이놈이 네가 내세운 그놈을 이기면 너희가 먹고 있는 기방 우리한테 넘겨라, 뭐 이런 식의."

"그럼 일기를 하자는 말인가요?"

화룡의 말에 낭호와 녹엽이 고개를 끄덕였다.

"두 가지 때문에 안 될 것 같은데. 첫 번째, 저쪽에서 군마성주가 직접 나설 가능성이 높다. 두 번째, 열흘만 버티면 무당에서 지원이 온다."

상천의 말에 녹엽이 고개를 저었다.

"조건은 뭘 걸어도 상관없으니까요. 어떻게든 이겨서 시간을 벌어도 좋고 저쪽 고수 한 명의 목을 걸어도 좋고 아니면 일반 무사 백 명의 목을 걸어도 좋고. 그리고 중원을 노린다는 군마성주가 고작 사도련을 먹는 이 싸움에 직접 나서겠습니까?"

녹엽의 말도 어느 정도 일리는 있었다. 만약 첫 번째 싸움에서 무당의 지원군이 도착할 때까지 시간을 벌 수만 있어도 충분히 승산이 있다 할 수 있었다.

"일단 가 문주께 전달은 해보겠소. 피곤할 텐데 일단 여기서 쉬시고."

그렇게 말한 상천이 자리에서 일어나 곧장 가백현을 만나기 위해 그의 집무실로 향했다.

*   *   *

가백현은 자신의 집무실에서 휴식을 취하고 있었다.

지난 싸움이 끝난 후 잠을 제대로 자지 못한 그였다. 운기 조식으로 피로를 몰아내며 버텼지만 몸에 쌓인 피로는 어쩔 수 없었다.

"들어가도 되겠습니까?"

의자에 기대어 누워 잠시 눈을 감고 있던 가백현은 상천의 목소리에 눈을 뜨고 자리에서 일어났다.

"들어오시게."

가백현의 말에 상천이 문을 열고 들어왔다.

"그래, 무슨 일이신가?"

"드릴 말씀이 있습니다."

"할 말이 있다니. 무슨 사단이라도 난 건가?"

"그런 건 아닙니다. 앞으로의 싸움에 대해서입니다."

상천의 말에 가백현이 눈을 빛냈다. 뭔가 새로운 대비책을 기대하는 눈빛이었다.

"나 문주와 하 군사를 불러와야겠군. 밖에 누가 가서 나 문주와 하 군사를 모셔와라!"

가백현의 집무실 밖에서 분주한 발걸음 소리가 들렸다.

오랜 시간 지나지 않아 나군천과 하신이 모습을 드러냈다. 사실 풍신현도 와야 하는 자리지만 부상이 심해 요양 중이었다.

"다들 모였군."

"갑자기 이렇게 부르다니. 무슨 일이지?"

나군천의 물음에 가백현이 상천을 바라보았다.

"앞으로의 싸움에 대해 드릴 말씀이 있습니다."

"오호."

상천의 말에 나군천이 턱수염을 한 차례 쓰다듬으며 자리에 앉았다.

"사실 우리는 머리가 굳어서 그럴싸한 비책이 안 나오던데. 젊은 백룡문주의 머리에서 어떤 비책이 나왔을지 궁금하군."

나군천의 말에 상천이 어색한 미소를 지어 보이고는 입을 열었다.

"사실 제 머리에서 나온 생각이 아니라 제 일행에게서 나온 생각입니다."

"그런가?"

"예. 지금 상황에서 가장 중요한 것은 무당의 지원이 올 때까지 저들의 공격을 막아내는 겁니다."

"그렇지."

상천의 말에 나군천이 고개를 끄덕였다.

"그렇다면 우리는 시간을 벌 수 있는 방법을 찾으면 됩니다."

"하지만 그게 쉽지는 않지. 저들이야 마음먹으면 지금이라도 당장 우리는 칠 여력이 있고 우리는 막을 여력이 부족한 상황일세."

가백현의 말에 상천이 고개를 끄덕였다.

"그래서 제 일행이 알려준 방법이 효과가 있을 듯합니다. 무투대회가 열리면 그 주변 세력들이 서로 내기를 한다더군요."

상천이 거기까지 말하자 하신은 알았다는 듯 고개를 끄덕였다.

"말 그대로 땅따먹기죠. 하지만 지금 우리가 은남도문을 걸고 저들과 내기를 하기에는 너무 위험 부담이 큽니다."

"잠깐. 그 말은 우리쪽 대표와 저쪽 대표가 일기를 벌여 이기는 쪽의 조건을 들어주자는 건가?"

"예. 조건은 뭐든 상관없습니다. 무당이 도착할 때까지 시간을 벌어도 좋고 저쪽 고수의 목을 걸어도 좋고 저쪽 무인 백 명의 목을 걸어도 좋습니다."

상천의 말에 가백현과 나군천, 하신이 입을 다문 채 생각에 잠겼다. 그들이 생각을 끝낼 때까지 상천은 가만히 보고만 있었다.

"저쪽에서 군마성주가 나서면 그대로 끝일세."

가백현의 말에 나군천과 하신도 고개를 끄덕였다. 그 부분은 상천도 우려하는 부분이었다.

"물론 그렇습니다. 하지만 어차피 무당이 오기 전에 저들이 공격을 감행하면 지는 싸움입니다. 그리고 이 방법대로 해서 군마성주가 나선다면 그것도 지는 싸움입니다. 어차피 질 거라면 좀 더 확률이 있는 쪽을 생각해 봐야 하지 않을까요?"

"전자가 더 확률이 높을 수도 있습니다."

잠자코 있던 하신이 입을 열었다. 그 역시도 상천의 의견에 부정적인 입장이었다.

"안에서 막는 입장이나 밖에서 공격하는 입장이나 어렵기는 마찬가지입니다만 굳이 따지자면 안쪽에서 막는 게 훨씬 쉽습니다. 은남도문의 외전이 뚫린다 하여도 내전에 힘을 집중시키고 기관진식을 모두 가동한다면 저들도 쉽게 뚫을 수 없을 겁니다."

하신의 말이 더 확률이 높아 보였다. 상천의 방법은 확실히 하신이 내세운 방법보다 더욱 무모했다.

만약 군마성처럼 확실한 승리가 보장되는 인물이 있다면 이쪽에서도 상천의 방법을 마다할 이유가 없었다.

하지만 안타깝게도 은남도문에는 군마성주를 상대로 이길 수 있는 사람이 없었다. 가백현과 나군천 둘이 군마성주 한 명을 상대한다 한들 이길 것이란 보장이 없었다.

만약 지난번 싸움에서 군마성주가 나섰다면 지금 이 순간
은 없었을 수도 있었다.

"그래도 재미는 있을 것 같군."

그때 튀어나온 나군천의 한마디에 가백현과 하신은 마치
그를 정신병자 바라보듯 쳐다보았다.

생사를 논하는 상황에서 재미라니.

미치지 않고서야 그런 말을 할 수 있을 리가 없었다.

"이 상황에서 재미라니."

"재미는 지극히 개인적인 생각이고. 도박성이 있긴 하지만
우리의 전력을 온전히 보존한 상태에서 적을 물리칠 수 있는
가장 좋은 방법이기도 하지."

나군천은 상천의 방법에 흥미를 보였다. 물론 우려하는 부
분이 없는 것은 아니지만 이럴 때일수록 좀 더 과감한 선택을
하는 것이 나군천의 성향이었다.

"사실 군마성주만 안 나오면 우리가 충분히 승산이 있는
것 아닌가?"

"물론이지. 하지만 군마성주가 안 나오겠나?"

가백현의 말에 나군천이 웃으며 말을 이었다.

"자네가 그랬지. 군마성주의 제자."

"갑자기 군마성주의 제자가 왜… 아!"

나군천의 말에 의아해 하던 가백현이 서기종을 떠올리며

무릎을 탁 쳤다.

상천과 그렇게 마주하고 싶어 하던 그였다.

만약 이쪽에서 대표로 상천을 내세운다면?

분명 그쪽에서는 군마성주가 아닌 서기종이 나올 것이 분명했다.

"하지만 군마성주의 제자는 실력이 상당했어. 자칫… 젊은 인재 한 명을 잃을 수도 있는 일이야."

가백현의 말에 나군천도 입을 다문 채 고개를 끄덕였다. 어찌 보면 자신들이 살자고 앞길 창창한 젊은이를 사지로 내모는 꼴이었다.

갑자기 상황이 이렇게 되자 상천도 난감한 표정을 지었다.

사실 이 계획을 처음 접했을 때 자신이 대표로 나서게 될 것이란 생각은 조금도 하지 않았다.

사도련의 명운을 짊어질 정도의 실력도 되지 않을뿐더러 자신이 그런 일을 할 입장이 아니라고 생각했기 때문이었다.

그러면서도 상천 역시 그와 싸워보고 싶다는 생각은 하고 있었다.

자신을 잘 아는 것 같은 그.

하지만 자신은 모르는 그.

무언가 원한이 있는 것 같기도 한 그와 싸우면 어떻게 될까? 라는 생각을 잠깐이나마 했다.

사실 그와의 싸움에서 질 거라는 생각은 크게 들지 않는 상천이었다.

"만약 백룡문주가 나서 주고 저쪽에서 군마성의 제자가 나선다면 이길 경우 군마성주의 목을 요구할 생각이네."

나군천의 말에 가백현과 하신이 그를 바라보았다. 그의 말처럼만 된다면 단번에 이번 싸움을 끝낼 수 있는 절호의 기회였다.

얼핏 무모해 보였던 상천의 계획이 순식간에 최고의 계획으로 탈바꿈하는 순간이었다.

이제 남은 것은 상천의 결단이었다.

가백현과 나군천, 하신은 부담주지 않으려 일부러 상천에게서 시선을 거두었다.

상천이 나서지 않겠다고 하여도 그들로서는 상천을 탓할 수 없었다.

"해보죠."

상천이 마음을 굳히고 말했다. 그 대답이 나오자마자 집무실의 분위기가 조금 밝아졌다.

"괜찮겠나?"

"괜찮습니다. 전 제 사부님을 믿습니다."

상천이 종삼을 떠올리며 말했다.

종삼이 뼈대를 가르치고 자신이 살을 붙인 백룡문의 무공.

비록 중간에 기연이 있었지만 그 근간에는 백룡문의 무공이 자리 잡고 있었다.

그런 무공이라면 절대 패하지 않을 것이란 굳은 믿음이 있었다.

"이길 겁니다."

상천이 스스로에게 다짐하듯 말했다.

상천이 대표로 나서기로 결정하고 약 한 식경 뒤.

은남도문에서 전령 한 명이 군마성 진영으로 향했다. 정문 위 망루 위에서 가백현이 초조한 눈빛으로 멀어지는 전령을 바라보고 있었다.

第十一章

결착

斷月劍帝

　은남도문에서 보낸 전갈을 받아 본 군마성주는 피식 웃었
다. 눈에 빤히 보이는 계략이기 때문이었다.

　"저들이 잔머리를 굴리는구나."

　"……"

　군마성주의 말에 서기종은 아무런 말없이 곁에 서 있었다.

　"일대일 대결을 하자는구나. 그래서 이기는 쪽의 조건을
들어주는 것으로."

　"사부님을 이길 자는 없습니다."

　서기종이 말했다. 사실이었다. 강하다는 가백현도 직접 검

을 섞어본 결과 군마성주를 이기기에는 역부족이었다.

"저쪽에서 백룡문주가 나온다는구나."

그 말에 서기종의 눈이 빛났다.

'상천이 대표로.'

"네가 그렇게 마주하고 싶어 하던 자가 나섰다. 어떻게 하겠느냐? 내가 나서든 네가 나서든 이건 우리가 이기는 싸움이라 생각되는데."

"저쪽에서 내건 조건이 무엇입니까?"

"당일에 말하겠다는구나."

서기종이 생각에 잠겼다. 저쪽에서 내걸 만한 조건은 상천이 이기면 군마성이 두말없이 물러서는 것 정도.

그 정도라면 굳이 군마성주가 나설 것도 없었다.

"제가 나서겠습니다."

서기종의 말에 군마성주가 그럴 줄 알았다는 듯 웃었다.

"후회 안 남도록 싸워보거라. 전령을 데려와라!"

군마성 진영에서 돌아온 전령이 가져온 전갈을 읽은 가백현은 안도의 한숨을 내쉬었다.

예상대로 군마성에서는 서기종이 대표로 나섰다.

'도대체 무슨 관계이기에.'

가백현이 느끼기에 서기종은 상천과 굉장히 만나고 싶어

했다.

반면 상천은 그가 누구인지 잘 모르는 눈치였다.

'뭘까.'

가백현의 머릿속에 의문이 가득 차올랐다.

같은 의문을 상천도 하고 있었다.

'도대체 누굴까. 나에 대해서 잘 아는 사람인데.'

상천은 침상에 앉아 눈을 감고 지금까지의 기억을 더듬어
보았다. 하지만 머릿속에 떠오르는 얼굴 중 그자와 같은 얼굴
은 없었다.

'가룡과 같은 식인 건가?'

죽은 줄 알았던 가룡이 살아 있었다. 얼굴 변용으로 신분을
숨기고 있었다. 만약 군마성주의 제자도 그런 식이라면.

머릿속에 떠오르는 짐작 가는 사람은 한 명밖에 없었다.

'서 형?'

갑자기 사라진 서기종. 상천의 머릿속에는 계속해서 서기
종이 맴돌았다. 그러고 보니 목소리도 비슷한 것 같았다.

하지만 상천은 이내 고개를 저었다.

자신이 아는 서기종은 그런 사람이 아니었다. 군마성주의
제자일 리 없다며 상념을 지웠다.

"조만간. 다시 보지. 그때 날 쓰러뜨린다면 자연스레 알게
될 테니."

그러자 이내 그자가 마지막 순간에 했던 말이 떠올랐다.
'그래. 곧 알게 되겠지.'
속으로 그렇게 중얼거리며 상천은 운기조식에 들어갔다.

서기종은 잠을 이루지 못하고 있었다.
해가 뜨면 상천과 겨루게 된다.
단순 비무가 아닌 생과 사를 가르는 결투를.
'내일이다. 내일.'
그렇게 중얼거리며 서기종은 눈을 감았다.

*   *   *

아침 해가 떠올랐다.
구름 한 점 없는 맑은 하늘. 은남도문 외전 한가운데에 있
는 거대한 연무장 위에서 떠오르는 해를 바라보던 나군천이
중얼거렸다.
"저 해를 언제까지 볼 수 있을지."
"그렇게 백룡문주를 믿던 나 문주가 어찌 약한 소리를."

나군천의 중얼거림을 들었는지 가백현이 다가오며 말했다.

"믿는 것과 내 운명은 별개지."

"하긴. 믿는 대로 모든 것이 다 이뤄진다면 지금 이런 상황도 오지 않았겠지."

가백현이 나군천의 옆에 나란히 서서 해를 바라보았다. 평소에는 눈부셔서 제대로 쳐다보기도 어려웠지만 마지막이 될지도 모를 모습을 담아 두고 싶었기 때문인지 두 사람은 인상을 찡그리면서도 계속 태양을 바라보고 있었다.

"그러다가 눈 상하십니다."

두 사람의 뒤에서 상천의 목소리가 들렸다. 부담감이 클 텐데도 상천의 목소리는 생각보다 덤덤했다.

"괜찮은가?"

"예. 가뿐합니다."

상천이 밝은 목소리로 답했다. 그 모습에 가백현과 나군천은 더욱 미안한 마음이 들었다.

"미안하네."

"아닙니다. 어차피 사도련이 무너지면 백룡문도 무사하지 못합니다. 백룡문을 위해서라도 이번 싸움은 반드시 이길 겁니다."

상천은 사도련의 명운 같은 거창한 이유는 접어두기로 했다. 이번에 지면 백룡문은 끝이라는 생각으로 나서기로 했다.

물론 그런다고 해서 부담이 안 갈 수는 없겠지만 그래도 조금 더 마음이 편할 것 같았다.

"가봐야 할 것 같습니다."

"시간이… 벌써 이렇게 됐나?"

약조한 시간이 다 되었음을 뒤늦게 안 가백현과 나군천의 표정이 딱딱하게 굳었다.

"몸조심하게."

"네."

나군천의 말에 상천이 살짝 미소를 지은 채 활짝 열려 있는 은남도문의 정문 쪽으로 발걸음을 옮겼다.

은남도문 정문을 나선 상천은 멀리 보이는 군마성 진영을 향해 천천히 걸어갔다. 그의 오른손에는 비호의 검이 굳게 쥐어져 있었고 그의 뒤에는 군마성의 조건을 은남도문 쪽에 전달할 전령도 한 명 따르고 있었다.

얼마를 걸었을까. 반대쪽에서 군마성주의 제자가 걸어오는 모습이 보였다.

누굴까.

아직도 상천의 머릿속에서는 그 의문이 떠나질 않았다.

서로를 향해 걸어온 두 사람은 어느새 지척에 마주보고

섰다.

마주 보고 선 두 사람은 한동안 말이 없었다.

눈을 마주치고 상대의 정체를 파악하려 했다. 아니, 상천만이 그러했다.

'누구냐.'

"드디어 이 시간이 왔군."

침묵을 깬 건 서기종이었다. 그의 말에 상천은 무표정한 얼굴로 바라만 볼 뿐이었다.

"그렇게 쳐다보면 무서운데. 일단 양쪽 조건부터 들어봐야겠지? 우리 조건은 은남도문이다."

군마성의 조건을 전해 들은 상천은 충분히 예상했다는 듯 덤덤하게 고개를 끄덕였다.

"우리 쪽 조건은… 군마성주의 목이오."

꿈틀.

상천의 말에 서기종의 눈썹이 한 차례 꿈틀거렸다. 그의 뒤에 서 있던 군마성 쪽 전령도 이 말을 어떻게 전해야 할지 난감해하는 듯했다.

"재밌군. 사부님의 목이라니."

"우리 입장에서는 가장 큰 장애물이 군마성주요. 그러니 당연한 것 아니겠소?"

상천이 당연한 것 아니냐는 듯 말했다. 그에 서기종이 얼굴을 딱딱하게 굳히며 상천을 노려보았다.

"어쨌든 이기면 그만이니까. 시작할까?"

서기종의 그 말에 양쪽 전령들이 상대가 내건 조건을 전달하기 위해 양측 진영으로 돌아갔다.

이제 진짜 둘만 남았다.

서기종은 드디어 상천과 싸우게 됐다는 생각 때문인지 얼굴에 미소가 번졌다.

상천의 입에서 나온 조건이 군마성주의 목이었지만 그것은 신경 쓰지 않는 듯했다. 상천과 마찬가지로 서기종도 이길 것이라는 강한 믿음을 가지고 있기 때문이었다.

두 사람은 거리를 조금 벌렸다.

그리고는 검을 늘어뜨린 채 서로를 바라보았다.

다른 기수식은 취하지 않았다.

그저 서로를 바라보며 아무 말 없이 서 있을 뿐이었다.

멀리서 보기에는 둘이 무슨 대화를 나누는 것 같기도 하고 그냥 말없이 바라보기만 하는 것도 같아 무슨 상황인지 알 수 없었다.

저벅저벅.

저벅저벅.

누가 먼저라고 할 것도 없이 두 사람이 다시금 서로를 향해 다가갔다.

처음과 다른 점이라면 둘 다 한껏 내력을 끌어 올리고 있는 상태라는 점이었다.

검과 검의 사정 범위 안으로 두 사람이 들어왔다.

지금부터는 검을 휘두르면 서로가 상대를 벨 수 있는 간격이었다.

쒜엑!

먼저 검을 휘두른 쪽은 서기종이었다.

가백현과 싸울 때에는 보여주지 않았던 빠르기였다. 지척에서 빠르게 뻗어 나오는 서기종의 검.

하지만 상천은 눈 하나 깜짝하지 않았다.

스윽.

부드럽게 움직이는 다리.

서기종의 검이 상천의 가슴팍을 아슬아슬하게 스치고 지나갔다.

서기종의 검이 지나가는 순간 상천의 다리가 다시 한 번 움직였다.

그와 함께 상천의 단월검이 펼쳐졌다.

'바람을 베다.'

쩌엉—!

하지만 상천의 첫 번째 초식 삭풍은 서기종의 검에 막히고 말았다.

비록 상천은 눈앞의 상대가 서기종이라는 것을 알아차리지 못하고 있지만 서기종 입장에서는 상천의 단월검은 수십 번 본 초식들이었다.

예전 같았다면 알고도 막지 못할 공격이었겠지만 지금의 서기종은 충분히 막을 능력도, 반격도 가할 능력도 있었다.

씨익.

서기종의 입가에 미소가 번졌다.

희열. 그것이 가져다주는 진한 미소였다.

쑤에엑!

서기종의 검이 다시 빠르게 움직였다. 한층 더 위력이 높아진 공격이었다.

상천은 집중력을 최고치로 끌어 올렸다.

좁은 간격에서 전신을 난자하려는 듯 날아드는 검을 막고 피하기 위해서는 계속해서 집중력을 높이고 있어야 했다.

"상당하군."

"그러게."

가백현의 호의로 정문 망루 위에서 두 사람의 싸움을 지켜 보고 있던 낭호와 녹엽이 중얼거렸다.

두 사람의 싸움은 대단하다는 말로밖에 표현할 수 없을 정도였다.

주먹을 뻗어도 닿을 거리에서 서로 발을 교차하며 빠르게 검을 뻗어내고 있었다.

거리가 멀다고는 하지만 몇몇 공격은 제대로 보이지 않을 정도로 빠르고 위력적이었다.

하지만 두 사람은 그 거리에서도 서로의 털끝 하나 건드리지 못하고 있었다. 그만큼 실력이 대단한 것도 있겠지만 집중력이 상당하다는 뜻이기도 했다.

정신력 소모가 극심할 수밖에 없는 상황.

범인이라면 일각도 유지하기 어려울 집중력을 두 사람은 한 식경 가까이 유지하고 있었다.

군마성주 역시 두 사람의 싸움에서 시선을 떼지 않았다.

낭호나 녹엽과 달리 군마성주는 두 사람의 공방을 하나도 놓치지 않고 지켜보고 있었다.

"생각보다 위험한 놈이었구나. 삼대 도법을 깨뜨릴 만했어. 저런 놈을 꺾는다면 한 단계 더 성장하겠지."

서기종과 박빙의 사투를 벌이고 있는 상천에 대한 군마성주의 솔직한 감상이었다.

하지만 그 안에는 서기종이 질 리 없다는 굳은 믿음이 함께하고 있었다.

쩌엉—!

파직! 파지직!

두 사람의 검이 다시 한 번 허공에서 부딪쳤다. 검에 불어넣은 내력이 서로 맞닿으며 요란한 소리를 내었다.

그런 검을 사이에 두고 두 사람은 서로를 노려보았다.

쉬지 않고 이어진 공방.

그럼에도 두 사람은 조금도 지친 기색을 보이지 않았다. 오히려 점점 더 활력을 찾아 가는 듯한 모습이었다.

'역시. 기대를 저버리지 않는군.'

서기종이 상천을 노려보며 속으로 중얼거렸다.

'대단하군. 제자가 이 정도라면 군마성주는 어느 정도란 말인가.'

서기종도 상천도 서로를 대단하게 평가하고 있었다.

상천이 강해졌다는 것만 알고 있었지 그 수준이 어느 정도인지 체감하지 못하던 서기종이었다.

하지만 그와 같은 수준까지 올라오고 나니 확실하게 알 수 있었다.

'상천, 넌 최고다.'

인정하지 않을 수 없었다. 저 뒤에서 지켜보고 있는 가백현과 나군천도 상천의 진정한 실력에는 미치지 못할 것이라 생각했다.

스슥!

상천의 발이 다시 한 번 움직였다.

스스슥!

그에 맞춰 서기종의 발도 움직였다.

마치 서로의 발을 밟으려는 듯 빠르게 움직이는 다리.

그것은 서로가 더욱 유리한 공간을 점하려는 치열한 보법 싸움이기도 했다.

발이 땅을 쓸며 어지러운 흔적을 만들어내었다.

여전히 두 사람의 검은 마지 한 몸처럼 붙어 있는 상태.

검은 맞붙어 있고 시선은 서로를 향해 고정되어 있었지만 하반신은 그 어느 싸움보다 더 치열한 사투를 벌이고 있었다.

스슥! 텁!

어지럽게 움직이던 두 사람의 다리가 어느 순간 맞닿았다. 그리고 그 순간 두 사람의 시선이 허공에서 교차했다.

까가강! 까강! 쩌엉―!

두 사람의 검이 짧은 순간에 수차례 허공에서 교차했다. 그리고 그 짧은 순간의 교차가 작은 차이를 만들어내었다.

주륵.

서기종의 손목을 타고 빨간 피가 흘러내렸다.

심한 상처는 아니었지만 상천의 검이 서기종의 팔뚝을 스친 까닭이었다.

서기종과 상천의 실력은 큰 차이가 없었다.

지금까지 보인 것처럼 우열을 가리기 어려울 정도였다.

하지만 아주 미세한 차이가 있다면 바로 경험의 차이였다.

물론 서기종도 다년간 무투대회를 돌아다니면서 숱한 싸움을 했고 그 바닥에서는 제법 이름을 날렸지만 지금처럼 고수끼리의 싸움은 상천이 더 경험이 많았다.

하수끼리의 싸움과 고수끼리의 싸움은 큰 차이가 있는 법.

그 작은 차이가 지금의 상처 하나를 만들어낸 것이다.

이 정도 상처는 아무 것도 아니라는 듯 서기종은 조금의 표정 변화도 보이지 않았다.

상천 역시 지금의 이 한 번의 성공을 대수롭지 않게 받아들이고 있었다.

하지만 작은 균열이 결국은 둑을 무너뜨리는 법.

서기종의 팔에 난 상처는 작은 균열과도 같았다.

스슥!

스윽!

두 사람의 발이 다시금 빠르게 움직였다.

이번에는 그와 함께 검도 춤을 추었다.

두 사람의 내력을 한껏 머금은 검이 검은 물결과 백색의 물결을 만들어내었고 이내 흑과 백이 주변을 휘감았다.

상천의 검이 다시 한 번 단월검의 초식을 그려내었다.

부드럽고 강하게.

빠르면서도 때론 느리게.

넘실대는 상천의 단월검이 서기종의 눈을 어지럽혔다. 그에 맞서 서기종 역시 자신의 검법을 펼쳐 내었다.

검은 물결은 하얀 물결에 대등하게 맞섰다.

백색이 흑색을 집어삼킬 듯하다가도 흑색이 백색을 집어삼킬 것만 같은 아찔한 상황이 수차례 연출되었다.

보는 이도 손에 땀을 쥐게 만드는 공방.

그들의 대결이 시작된 지 어느덧 반 시진이 다 되어가고 있었다.

두 사람이 거리를 벌리고 섰다.

그리고 서로 다른 모습을 보이고 있었다.

두 사람 모두 호흡은 아직 정상이었지만 서기종의 몸에는 몇 군데 자상이 보였다.

반면 상천의 몸에는 상처가 없었다. 옷자락이 조금 찢어지기는 했지만 그것이 전부였다.

이것 역시 작지만 큰 차이였다.

한 치가 더 들어가고 덜 들어가고에 따라 사람의 생사가 결정 난다.

지금 역시 마찬가지였다.

상천의 몸에 상처를 내기에는 서기종의 공격이 한 치 부족했다. 반면 상천의 공격은 서기종의 몸에 상처를 내기에 충분할 정도로 깊게 들어갔다.

공간을 뺏고 뺏기지 않느냐가 중요한 싸움.

이미 서기종은 공간 싸움에서 점차 밀리고 있었다.

하지만 지금의 싸움은 생사결. 거기에 사도련과 군마성의 명운이 달린 싸움이었다.

고작 몸에 상처를 내는 정도로는 부족했다.

두 사람 모두 그것을 잘 알고 있었고 싸움을 끝내기 위한 숨 고르기에 들어갔다.

*　　*　　*

고요함이 주변을 감쌌다.

지켜보는 이들도 침 삼키는 소리조차 내지 않고 두 사람의 싸움을 지켜보고 있었다.

"경험이 쌓이면 우리보다 더 강할 거라고 했던 자네 말이 생각나는군."

가백현이 곁에 서 있는 나군천에게 말했다. 그러자 나군천 역시 고개를 끄덕이며 그 말을 받았다.

"내가 그때 실언을 했군. 백룡문주는 우리보다 강해."

나군천의 말에 가백현은 아무런 말도 하지 않았다. 자존심 상하는 일이긴 했지만 나군천의 말을 부정할 수 없었기 때문이었다.

"이렇게 세대 교체가 이뤄지는군."

나군천이 중얼거렸다.

군마성주의 눈에는 서기종의 몸에 생긴 상처가 선명하게 보였다. 그리고 상천의 몸이 멀쩡한 것도 또렷이 보였다.

그리고 그 차이가 어떠한 결과로 이어질지 잘 알고 있었다.

저들은 자신들이 이길 경우 자신의 목을 조건으로 내걸었다. 서기종의 승패에 따라 자신의 목숨이 걸린 상황.

여차하면 자신이 직접 나서 모든 것을 끝낼 수도 있었다.

하지만 군마성주는 끝까지 서기종을 믿기로 했다.

어느새 주먹을 쥐고 있는 군마성주의 손은 땀으로 흥건하게 젖어 있었다.

*　　　*　　　*

서기종과 상천은 호흡을 고르고 미친 듯이 날뛰던 내력을 안정시키고 있었다.

그러면서도 여전히 서로에게서 시선을 떼지 않고 있었다.

"이쯤에서 다시 한 번 묻겠소. 당신, 누구요?"

상천이 서기종에게 말을 건넸다. 그러자 서기종은 피식 웃기만 할 뿐 아무런 대답도 하지 않았다.

"서 형이오?"

움찔.

이어진 상천의 물음에 서기종은 순간적으로 움찔했지만 최대한 티를 내지 않으며 말했다.

"나를 이기거든 알게 될 거라고 했는데. 잊었나?"

"……."

서기종의 말에 이번에는 상천이 아무런 대답도 하지 않았다. 가만히 그를 바라보는 상천의 얼굴에서는 아무런 감정도 읽을 수가 없었다.

"그 질문에 대한 답은 날 이기고 하도록."

그렇게 말하며 서기종이 먼저 움직였다.

빠른 몸놀림.

그의 검에 넘실대는 검은 기운은 기력을 회복한 듯 더욱 사납게 날뛰기 시작했다.

그에 맞서는 상천은 천천히 움직였다.

최소한의 움직임을 가져가며 서기종의 공격에 맞섰다.

쾅! 콰앙! 콰쾅!

내력이 폭발하며 굉음을 만들어내었다. 그 여파에 주변의 공기도 요동치기 시작했다.

쫘앙!

슈우우욱!

두 사람의 내력이 충돌할 때마다 그 주변의 공기가 밀려났다가 다시 자리를 채우길 반복했다.

마치 강풍이 휘몰아치듯 매섭게 요동치는 바람 때문에 제법 거리를 두고 있음에도 지켜보는 이들이 눈을 제대로 뜨기 어려울 정도였다.

상천의 단월검도 위력을 더했다.

군더더기 없이 펼쳐내는 상천의 단월검은 서기종을 폭풍처럼 압박해 나가기 시작했다.

덩달아 서기종의 손놀림도 더욱 어지러워졌다.

서기종은 최대한 상천의 공격을 받아내고 반격하기 위해 애썼다.

하지만 시간이 지날수록 상천이 펼쳐내는 단월검은 빈틈을 찾기가 어려웠다.

자신과 싸우는 이 순간에도 완성을 향해 진화해 가는 것만 같았다.

그 순간 서기종은 상천의 표정을 보았다.

얼핏 행복해 보이는 것처럼 느껴질 정도로 너무나 평온한 얼굴을 하고 있었다.

서기종은 깨달았다.

몰아(沒我).

지금 상천은 자신의 수를 읽고 계산하며 싸우는 것이 아닌 자신을 잊은 상태에서 무공과 하나 되어 싸우고 있었다.

집중력을 넘어 선 단계.

더 이상 올라갈 곳이 없는 것처럼 느껴졌던 상천은 지금 이 순간에도 다음 단계에 발을 들여 놓고 있었다.

'이것이 너와 나의 차이인가.'

미친 듯이 집중하면 자신이 무언가를 해놓고도 기억이 안 날 때가 있다. 그만큼 그것에 푹 빠져 있었기 때문이다.

하지만 자신은 단 한 번도 무공을 익히면서 그래 본 적이 없었다. 그만큼의 절실함이 없었기 때문일 수도 있다.

다시 사부와 재회하고 강한 힘을 손에 넣었을 때.

그때 느꼈던 것은 절실함이 아닌 욕망이었다.

상천과 겨뤄보고 싶다는 욕망.

그리고 그것이 전부였다.

하지만 상천은 달랐다.

사부와의 인연을 추억으로 묻어두고 그의 은혜에 보답하기 위한 마음 하나로 살아왔다.

절박함. 절실함.

상천은 무공을 그렇게 대했다.

어떻게 하면 강해질 수 있을까가 아니라 어떻게 하면 더 발전시킬 수 있을까를 생각했다.

그 차이.

그것이 지금의 상천과 서기종의 차이를 만들어낸 것이 아닐까.

상념에 잠겨 있던 서기종이 정신을 차렸을 때.

상천은 어느새 단월검 마지막 초식인 역천을 펼쳐내고 있었다.

하늘을 거스른다.

'하늘을 거스르려고 했던 나에게 내리는 형벌인가.'

그렇게 생각하며 서기종은 눈을 감았다.

콰콰콰쾅! 꽈릉!

상천이 펼쳐낸 마지막 초식, 역천은 모든 이의 말문을 막히게 만들었다.

그만큼 강맹하고 위력적인 초식이었다.

마치 하늘이 심판을 내리는 것 같은 환상을 만들어낼 정도의 초식.

지켜보는 누구도 상천의 승리와 서기종의 죽음을 의심하지 않았다.

후두둑!

맑았던 하늘에 먹구름이 끼기 시작하더니 이내 빗방울이 떨어지기 시작했다. 뽀얗게 일어났던 흙먼지는 쏟아져 내리는 빗방울에 빠르게 가라앉았다.

단월검 마지막 초식 역천이 만들어낸 흔적은 상상 이상이었다.

진짜 하늘에 심판자가 있고 그들이 거대한 망치를 가지고 있다면 이런 흔적을 만들어낼 수 있을까.

그리고 그 흔적의 한가운데에 서기종이 서 있었다.

겉으로 보기에는 별다른 상처 없이 멀쩡했지만 사실 그가 지금 두 다리로 서 있는 것이 기적이었다.

후회 없이 단월검을 펼친 상천은 고개를 들어 하늘을 보았다.

떨어지는 빗물을 얼굴로 그대로 맞으며 작게 한숨을 쉬었다.

비 때문에 흐릿한 시야 사이로 얼핏 종삼의 얼굴이 보이는 듯했다.

'기뻐서 흘리는 눈물이지? 그렇지, 사부?'

상천이 그렇게 속으로 중얼거렸다.

"쿨럭! 크악! 칵!"

서기종이 피를 토해내었다. 그 소리에 상천이 시선을 그에게로 돌렸다.

"서 형."

상천이 나직이 서기종을 불렀다.

이미 그와 싸우면서 상대가 서기종임을 확신하고 있던 상천이었다.

상천의 부름에 서기종은 어렵사리 미소를 지어 보였다.

피를 토해낸 입뿐만이 아니라 코와 눈, 귀에서도 조금씩 피가 흘러내리고 있었다.

"나도… 백룡문에서… 행복하게… 지낼 수 있었을까?"

서기종이 힘겹게 말했다. 이제 서기종에게 더 이상의 기력은 남아 있지 않았다.

"서 형에게도 사연이 있었을 것이라 생각하오. 우리 다음 생에는 형제가 되었든 친구가 되었든 변치 않고 오래 가는 인연이 되어 만납시다."

"고맙……."

서기종이 말을 다 끝맺지 못하고 고개를 숙였다.

상천은 그 모습이 너무나 가슴 아프게 다가왔다. 그런 그의 마지막 얼굴을 좀 더 자세히 보고 싶어 한 걸음 내딛고 싶었지만 상천 역시도 기력이 많이 남아 있지 않았다.

저벅. 풀썩.

겨우 한 걸음 내딛은 상천도 그대로 쓰러졌다.

지켜보던 가백현과 나군천이 재빨리 그를 향해 달려갔고 군마성 진영에서는 군마성주가 빠르게 다가오고 있었다.

가백현과 나군천보다 먼저 그 자리에 도착한 군마성주는

싸늘한 주검이 된 서기종을 바라보았다.

"과거에 당했던 핍박을 잊지 않았다. 그리고 모진 경험을 하게 한 너에게 너무 미안했다. 그래서 힘을 길렀고 너에게 중원을 선물해 주고 싶었다. 그런데… 이렇게 되었구나."

그렇게 중얼거린 군마성주가 서기종의 손에 들린 검을 들었다. 그리고는 쓰러진 상천 쪽으로 몸을 돌렸다.

"멈추시오!"

그때 도착한 가백현과 나군천이 상천을 자신들의 뒤에 두고 군마성주를 막아섰다.

어찌 보면 자신이 나설 이유가 하나도 없음에도 자신들을 대신해 죽음을 무릅쓴 상천이었다.

그런 그의 목숨을 마지막까지 지켜주는 것이 자신들이 할 수 있는 최선의 도리였다.

검을 쥔 군마성주는 사나운 표정으로 자신을 노려보고 있는 가백현과 나군천에게 한 번씩 시선을 주었다. 그리고는 검을 들어 자신의 머리카락을 쥐었다.

서걱.

길었던 군마성주의 머리카락이 잘렸다. 군마성주는 손에 들린 머리카락을 가백현과 나군천의 발아래에 던졌다.

"과거 위나라의 조조는 자신의 머리카락을 잘라 죄를 빌었다지."

그렇게 말한 군마성주가 다시 몸을 돌려 힘없이 허물어져 있는 서기종을 품에 안아 들었다.

가백현과 나군천은 여전히 도를 쥔 상태로 군마성주의 등을 바라보았다.

지금이라면.

지금이라면 군마성주의 목숨을 끊을 수 있을지도 모른다는 충동이 강하게 일었다.

하지만 결국 두 사람은 그렇게 하지 않았다.

서기종을 품에 안아 들고 멀어지는 그의 뒷모습이 너무나 작아 보였기 때문이었다.

쏴아아―!

하늘에서 내리는 비가 더욱 강해지기 시작했다.

이렇게 중원을 도모하던 군마성은 사도련을 무너뜨리지 못한 채 지하로 되돌아갔다.

終章
종장

斷月劍帝

또각. 또각. 또각.

길게 이어진 관도 위에 말발굽 소리가 천천히 퍼져 나갔다.

하늘은 맑고 해는 뜨거웠지만 선선한 바람이 불어 유랑하기에 딱 좋은 날씨였다.

관도 위를 걷고 있는 네 마리 말의 앞쪽으로 마을이 보이기 시작했다.

너무나 보고 싶었고 낯익은 풍경에 말 위에 앉아 있는 사람들의 얼굴에도 절로 미소가 번졌다.

네 마리 말이 마을에 들어섰다.

그러자 마을 사람들이 말 위에 탄 사람들, 정확히 말하면 가장 앞에 있는 사람을 보며 환한 미소를 지으며 고개를 숙였다.

반가움과 존경의 표시를 담아서.

마을 한복판을 지나고 머지않아 그럴싸한 장원 하나가 보였다.

그 장원 앞에는 많은 사람이 모여 있었는데 말발굽 소리가 들리자 일제히 시선을 그쪽으로 돌렸다.

그들의 표정 역시 마을에 들어서서 본 사람들의 표정과 다르지 않았다.

네 마리 말은 장원 앞에 모여 있는 사람들 근처에서 멈춰섰다.

그리고 말에서 가장 먼저 내린 사람은 은남도문에서 새롭게 만들어 준 백룡포를 걸친 상천이었다.

말에서 내려 선 상천은 여러 가지 감정이 뒤섞인 표정으로 주변을 둘러보았다.

모여 있는 사람들은 그런 상천에게 정문까지 가는 길을 터주었다.

그 모습에 상천은 살짝 미소를 지었다.

그리고 사람들이 만들어준 길을 따라 천천히 걸어갔다.

정문이 가까워 올수록 상천의 입가에 번진 미소가 더욱 진해졌다.

정문 위에 걸린 백룡문이라는 현판이 눈에 들어왔기 때문이었다.

정문 앞에 다다르자 장여진을 비롯하여 공혜, 배동삼 등이 상천을 기다리고 있었다. 모두가 밝은 표정을 지은 채 상천을 맞이했다.

여전히 공혜는 상천을 볼 때마다 울먹였지만 오늘처럼 기분 좋은 날 울면 안 된다는 배동삼의 당부에 억지로 눈물을 참고 있었다.

"잘 돌아왔어요."

장여진이 웃으며 상천에게 말했다.

그에 상천은 미소를 지은 채 고개를 한 번 끄덕이고는 정문을 바라보았다.

열려 있지 않고 닫혀 있는 문.

은남도문의 도움으로 새롭게 지어진 백룡문이 다시 문을 여는 날인만큼 정문을 열고 들어가는 첫 번째 사람은 문주인 상천이어야 한다는 문도들의 생각 때문이었다.

정문 앞에 선 상천은 손을 들어 문을 어루만졌다.

심장이 터질 듯이 뛰었다.

꿈에 그리던 순간. 종삼에게 했던 약속을 지키는 꿈같은 순간이 찾아온 것이다.

"후우……."

상천이 작게 심호흡을 했다.

그리고는 문에 얹은 두 손에 힘을 주어 안으로 밀었다.

끼이익!

정문에 달린 경첩이 기분 좋은 울음을 토해냈다.

천천히 문이 열리며 깔끔하게 지어진 백룡문의 모습이 한눈에 들어왔다.

"어서 들어가 보세요."

아직 안으로 발을 들어 놓지 않은 상천에게 장여진이 말했다.

그에 고개를 끄덕인 상천이 천천히 안쪽으로 발을 들여놓았다.

상천의 두 발이 모두 문 안쪽으로 들어갔다.

"우와아아!"

"백룡문 만세!"

"백룡문주 만세!"

그러자 백룡문 앞에 모여 있던 사람들이 진심을 담아 환호를 질러주었다.

그 환호성을 들으며 상천이 하늘을 올려다보았다.

어느새 상천의 눈에서는 눈물이 흘러내리기 시작했다.

'안녕, 사부?'

상천의 인사에 하늘에선 종삼이 밝은 표정으로 웃고 있었다.

『단월검제』 完

작가 후기

오래 걸렸습니다. 시작도 어렵게 했는데 마무리도 어렵게 했네요. 5권이 2012년 8월에 출간이 되었으니 꼭 2년 만에 완결권을 여러분께 보입니다. 너무 늦어 죄송하다는 말씀 드립니다.

참 즐겁게 그리고 재미있게 들려드리고 싶은 이야기였는데 여러모로 제 능력이 많이 부족하다는 걸 느끼게 해준 넷째입니다.

완결권도 늦게 보여드리는 등 여러 가지 탈이 많았던 아이지만 그래도 이래저래 애착이 많이 가네요. 상천이라는 아이때문인 모양입니다.

상천이 성장하듯 저도 그간 대학 졸업도 하고 취업해서 사회생활도 시작했네요. 함께 성장해 왔다는 생각에 뿌듯하기도 하면서 한편으로는 생각했던 것만큼 잘 크지 못한 것 같아

아쉬운 마음도 큽니다.

  다음 이야기는 또 언제 들려드릴 수 있을지 모르겠습니다. 회사 생활 하면서 글쓴다는 게 절대 쉬운 일이 아니더군요. 투잡하시는 모든 분께 정말 존경한다는 말씀 드리고 싶습니다.

  힘들지만 열심히 다음 이야기 구상해서 들려드릴 수 있도록 노력하겠습니다.

  짧다면 짧고 기다면 긴 상천의 이야기 지켜봐 주신 모든 분께 감사 인사 전합니다. 그리고 일 년 중 가장 덥다는 삼복더위도 잘 이겨내시기 바랍니다. 고맙습니다.

강태훈 올림.

말년병장 이등병되다!

에바트리체 장편 소설

FUSION FANTASTIC STORY

대한민국 남자라면 알고 있을 바로 그 이야기!

『말년병장, 이등병 되다!』

전역을 코앞에 둔 말년병장, 이도훈.
꼬장의 신이라 불리던 그가 갑자기 훈련병이 되었다?!

"…이런 X같은 곳이 다 있나!"

전우애 넘치는 군인들의
좌충우돌 리얼 군대 이야기!

Book Publishing CHUNGEORAM

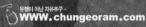

유행이 아닌 자유추구 -
WWW.chungeoram.com